suhrkamp taschenbuch 4672

Ein Offizier der Handelsmarine wird aus ehelicher Zuneigung zum Drogenkurier, eine Hamburger Geschäftsfrau kauft sich einen Flughafen und entdeckt ihren hanfgrünen Daumen, ein aufstrebender Kleindealer gerät beim großen Coup mit falschem Stoff an die falschen Leute, und zwei Senioren kreuzen ihre sehr verschiedenen Lebenswege in der Reha zum gemeinsam schöngerauchten Sonnenuntergang ...

Abseits gängiger Kifferklischees werfen Bernd Cailloux' sanfte Satiren ungewohnte Schlaglichter auf die jugendgefährdende Welt des Haschischs – von der Frühzeit ahnungsloser deutscher Zöllner und der Hochzeit zerebraler Rebellion über den langen Marsch in die Verbürgerlichung bis zum gerade noch so unerlaubten Wellnessjoint der Gegenwart. Vielleicht die letzte Abfahrt vor der Mehrwertsteuerpflicht.

Bernd Cailloux, Jahrgang 1945, lebt als freier Schriftsteller in Berlin. Im Suhrkamp Verlag erschien zuletzt sein Roman *Gutgeschriebene Verluste.*

Bernd Cailloux

Surabaya GOLD

Haschischgeschichten

Suhrkamp

Erste Auflage 2016
suhrkamp taschenbuch 4672

Umschlaggestaltung: Rothfos & Gabler, Hamburg
Druck und Bindung: CPI - Ebner & Spiegel, Ulm
Printed in Germany
ISBN 978-3-518-46672-8

Inhalt

... und dazwischen: Bits and Pieces ...

»Charly, 1962«

Beim gelegentlichen Stöbern in meinen Fotomappen fällt mir noch jedes Mal ein altes Bild in die Hände – eine schwarz-weiße Aufnahme im 6-mal-6-Format früherer Zeiten. Es ist eins dieser Fotos, die bildlich wenig hergeben, aber als anregender Gedächtnisimpuls die Geschichte ganzer Lebensabschnitte in Gang setzen können. Zu sehen ist ein leicht ramponiertes Motorrad, das abgekippt an der Wand eines Holzhauses lehnt, im Vordergrund der Hof des Hauses, im Hintergrund Wald. Auf der Rückseite steht die Bleistiftnotiz: »Charly, 1962«. Keine Frage, das sieht stark nach meinem alten Freund Charly aus ... gut getroffen, schönes Foto.

In der Zeit seiner Motorradbasteleien hatten wir uns kennengelernt, im Rahmen eines neu entstandenen Freundesquartetts. Ich war sechzehn Jahre alt, er vielleicht siebzehn, die anderen beiden, Norbert Lindhorst und der Geyer, lagen als Achtzehnjährige knapp über der magischen Grenze des Erwachsenseins. Während sie sich schon im Arbeitsleben abmühten, flogen Charly und ich noch von der einen oder anderen höheren Schule der benachbarten Städte - nur eins der Probleme in unserem spannungsreichen Quartett. Wir beide lebten damals in Rittersberg, einer 5000-Seelen-Gemeinde im Nordharz, ich nach dem Tod des Vaters bei der ungeliebten Stiefmutter, er mit zwei Geschwistern und den Eltern in dem schönen Holzhaus am Waldesrand, dessen Foto sich seit einem halben Jahrhundert unversehrt in meinen Mappen hält. Einem gutwilligen Betrachter zeigt es die Vorteile einer Jugend auf dem platten Land: der nahe Wald, die Möglichkeit, sich in Ruhe mit anderswo ausgeschlachteten Teilen eine zweihunderter Zündapp zusammenzubauen und ohne Führerschein ins Grüne zu zuckeln, auch betrunken. Was man auf dem Foto nicht sieht, sind die Nachteile, gar Kränkungen für Jugendliche auf dem platten Land. Ohne den britischen Soldaten-Sender BFBS hätten wir dort von Rockmusik so schnell nichts mitbekommen ... Lindhorst geriet vor Begeisterung außer sich, als er von einer zum ersten Mal gehörten, irren Band, die Biettels oder so ähnlich, erzählte ... Von dem Tag an war das Leben in ländlicher Natur für uns nicht mehr abendfüllend, die Ruhe vorbei.

Eine Freundschaft, weiß ich heute, kriegen wir als Erwachsene nie mehr so gut hin wie in der Jugend. Ohne eitles Zögern oder hinhaltende Geheimnistuerei waren Charly und ich schon bald nach dem Kennenlernen stark voneinander angezogen. Wir trafen uns jeden Tag, redeten viel und wussten wenig – es passte einfach, schwer zu erklären, warum genau. Vielleicht gelang es uns, eine gewisse Übereinstimmung und Nichtübereinstimmung, Nutzen und Ausnutzen, als ausgeglichenes Verhältnis bis in die kapillarischen Subzonen auszubalancieren. Uns verband eine dieser früh geschlossenen und besonders sinnvollen Freundschaften, während deren sich jene Ideale entwickeln können, aus denen man am letzten Tag der Jugend herausgewachsen sein wird.

In der Phase der größtmöglichen Rätselhaftigkeit der Existenz blieben wir auf uns allein gestellt. Mit der Hilfe älterer Erwachsener war kaum zu rechnen, bei meiner hilflosen Stiefmutter ohnehin nicht. Auch Charlys Eltern ignorierten den pubertären Stand der Dinge und ließen die Entwicklung laufen. Die beiden trugen als Einzige im Ort noch die grauen Vorkriegs-Kleppermäntel, der Vater eilte mit einer unter die Schulter geklemmten, brüchigen Lederaktentasche zu unbekannten Zielen, die Mutter wirkte mit ihrer esoterischen, im Nacken altdeutsch zum Dutt gebundenen Haarfrisur aus der von weiblichen Dauerwellen beherrschten Zeit gefallen. Ein von mir nicht zu durchschauendes Paar, geheimnisvoll und manchmal unheimlich, als wollten oder müssten sie etwas verbergen. Dass ihr Verhalten den Verdacht einer komplizierten NS-Vergangenheit nahelegte, wurde von niemandem klar ausgesprochen – so wenig wie die Vermutung, die beiden gehörten einer verbotenen Partei oder gar Sekte an. Dennoch schien irgendetwas die beiden zu abweisender Einsilbigkeit zu zwingen, sie verstummten geradezu, zumindest während meiner Besuche in ihrem Haus. In dieser aus Arbeitern, Bauern und Flüchtlingen zusammengesetzten Gemeinde blieben für uns Jugendliche jedoch die meisten der Erwachsenen rätselhaft. Auch Charly konnte oder wollte nicht über seine Eltern reden.

Im Alter vom siebzehn, bald achtzehn Jahren brauchte ich Charly, um nur das Nötigste an Problemen durchzuquatschen. Jedes Ereignis, jeder der ständig neu entwickelten Pläne, jeder meiner Gedanken bedurfte offenbar der abstimmenden Beratung mit ihm. Wir hockten im Hof vor der alten Zündapp oder in der Milchbar der Kreisstadt, saßen halbe Nächte in Hauseingängen auf Mülleimern und redeten und redeten, bis er mir schließlich etwas verklart hatte und ich annehmen durfte, selbst darauf gekommen zu sein. Der Schulärger, die erste richtige Freundin, meine generelle Ungeduld und die daraus resultierenden, zahllosen Konflikte mussten eingedämmt und handhabbar gemacht werden ... Und darin war Charly groß, besonnen, sanftmütig und selbstlos ... ein idealer Gegenpart, der meinen egoistischen Drang bewunderte und ihn zugleich runterbremste auf ein halbwegs vernünftiges Maß. Als Einziger von uns las er Schopenhauer und Kant und war der erste Mensch, der mir den kategorischen Imperativ nahebrachte, jedenfalls theoretisch. Oft genug nahm er die Perspektive der anderen Beteiligten ein, was meine Absichten relativierte – bereits damals wollte ich stets mehr, als mein Ich hergab. Ohne sein Einfühlungsvermögen wäre ich aufgeschmissen gewesen.

Mit Erreichen des Kneipenalters hatten wir das Bier entdeckt, was das Leben beschleunigte, aber nicht unbedingt berechenbarer machte. Bereits Ende '63 gründete Lindhorst die Beatles unter dem Namen »the kids« noch einmal und brachte den Samstagnachtwahnsinn in die dörflichen Gemeindesäle. Am Ende des Konzerts und besoffen, ließ er mich als Ersatzmann an sein Schlagzeug und für den finalen Stehblues der Engtanzpärchen ein wenig mit den Besen scharren – bis Bogdan, der genervte Sänger der Band, sagte, du schleppst schon wieder, hau ab. Eine betrübliche Zurückweisung, da Lindhorst mit mir um Charlys Gunst konkurrierte. Durch den bereits fleißig geldverdienenden Geyer bekam unser Quartett Zugang zu einer sturmfreien Wohnung und – ebenfalls durch ihn – auch Zugang zu einer veritablen Diesellok, mit der wir sonntags, verkatert, aber in spätkindlicher Begeisterung auf den toten Gleisen einer Industriebrache fünfhundert Meter rauf und runter fuhren. Die begrenzten Touren karikierten die gelegentlich schon aufscheinende Vorstellung, diesem niedersächsischen Kaff eines fernen Tages den Rücken zu kehren. Braunschweig war zu wenig, Hannover eventuell ein Ziel und Hamburg die größte Verlockung.

Geyer und Lindhorst fuhren mittlerweile mit eigenen Autos zu ihren Arbeitsstellen. Während sie sich dem Rittersberger Leben scheinbar problemlos anpassten, wurden Charly und ich von der Nachbarschaft kritisch betrachtet – diese Gammler, hieß es in Anlehnung an eine seinerzeit in Großstädten auftauchende, sich weniger dem Arbeitsethos als dem reinen Sein widmenden Jugendbewegung ... Ein unkritisch übernommenes, doch nicht völlig grundlos verbreitetes Urteil, da wir unseren Ruf nicht durch positiv auffallende Tätigkeiten verbessern wollten. Charly besuchte höchstens dreimal pro Woche ein sogenanntes Wirtschaftsgymnasium, die letzte Lehranstalt für überall sonst gescheiterte Schüler, und ich wartete seit Monaten auf eine zugesagte Stelle als Redaktionsvolontär beim »Nordharzer Kurier«, dem ersten in einer längeren Reihe meiner Traumberufe. Charly hing seinerzeit ein bisschen durch und war der einzige von uns vieren, der keine Freundin hatte. Womöglich hinderte ihn eine schlimme Hautkrankheit, die sein Gesicht mit pockenartigen kleinen Blutbläschen überzog – das sah nicht gut aus, dieser an manchem Tag hochrot vernarbte Feuerkopf. Er verbrachte mehr Zeit bei Ärzten als ein Rentner, doch alles Salben, Sprühen und Auswaschen heilte sein Leiden nicht.

Geyer war es, der Charly in einer Mischung aus Mitleid und Machotum unter Druck setzte – ein Mann ohne Freundin ist ein toter Mann, hatte er eines Abends gesagt. Ihm ging es um die Ausgeglichenheit in der ständig zusammenhockenden Clique. Also suchten und fanden wir ein Mädchen für Charly, eine, soweit ich mich erinnere, melancholisch eingestimmte Gisela mit langen, schwarzen Haaren, die mit ihm auf der Stelle unglücklich wurde und seine Passivität mit geduldiger Hingabe genoss. Die letztlich entscheidende Tat brachte er einfach nicht zustande, ein Spätentwickler vielleicht. Dabei war er derjenige, der auf Spaziergängen und Wochenendbesäufnissen in unermüdlichen Gesprächen mehr Verständnis für unsere Freundinnen zeigte als wir selbst. Sie wiederum hielten ihn für den mit Abstand Einfühlsamsten in diesem Jungs-Quartett.

Das Ende der Provinzjugend rückte schneller heran als erwartet. Wie würde es danach mit uns weitergehen? Wir waren ungeheuer gespannt auf die große Freiheit des Lebens ab Achtzehn.

Ein Brief, per Einschreiben, scheuchte einen nach dem anderen binnen weniger Wochen aus allen Träumen - das Kreiswehrersatzamt Goslar überraschte Lindhorst, Charly und mich mit dem Einberufungsbescheid für die Bundeswehr! Was wir insgeheim befürchten mussten, sollte in Kürze auch eintreten ... der Bund, der sogenannte Barras, galt seit der Musterung unter uns als größte Bedrohung für die freiheitliche Grundordnung der männlichen Jugend in Stadt und Land. Und ausgerechnet jetzt, wo wir nach allem Möglichen gierten, erwartete uns die dreckige, abstoßende Wirklichkeit der Bundeswehr – die sich gerade auftuende Vielfalt des Lebens schrumpfte zur Einfalt des Militärdienstes, eine Horrorvorstellung für uns Wehrlose. Einzig Lindhorst reagierte pragmatisch und verpflichtete sich freiwillig als Zeitsoldat, Charly war angewidert, ich unentschieden. Doch es gab kein Entrinnen, keine Chance auf juristischen Widerspruch, keine körperlich hindernden Handicaps wie beim basedowschen Geyer. Und den vom Waffendienst befreienden, vielbegangenen Weg in die Mauerstadt Berlin wollte keiner von uns antreten.

Die können mich mal, sagte Charly eines Abends, ich geh zur See – die christliche Seefahrt wär' die beste Möglichkeit, vor der Bundeswehr zu flüchten.

Schwere Zeiten für uns Freunde – das Quartett wurde von der Bundeswehr gesprengt, der süße Vogel Jugend abgeschossen. Doch die unterschiedlichen Reaktionen auf diesen äußeren Feind offenbarten auch feine Risse im internen Beziehungsgewebe der Gruppe. Die erste Charakterprüfung als Erwachsene hatte uns vier spürbar auseinanderdividiert. Danach trennten sich die Wege. Einer zog in eine Lüneburger, einer in eine Harzer Kaserne, einer musste zu Hause bleiben, und der vierte, der fest entschlossene Wehrdienstverweigerer, rettete sich vor dem an Land drohenden Soldatenleben hinaus aufs Meer – eine Art SOS-Hilferuf mit umgekehrtem Vorzeichen. Gerade noch rechtzeitig heuerte Charly als Steward auf der Hamburg-Amerika-Linie an. Aus der abgetakelten Seemannsromantik machte er sich so gut wie nichts ... und doch sollte das Matrosenleben seinen Horizont enorm erweitern. So wie das gesamte Quartett durch das Eingreifen der Bundeswehr in ungeahnte Richtungen bewegt wurde.

Auf Charly verzichten zu müssen, fiel mir schwer – im folgenden Jahr trafen wir uns nur einmal, als beider Urlaub zufällig passte. Aus Freundschaft wurde Brieffreundschaft, jeden Monat beschrieben wir unsere Situation, er zunächst eher gelassen, ich eher freudlos. Damit die Korrespondenz funktionierte, schickte er mir die offizielle Postliste seines Schiffes mit den Daten der Ankunft in den Häfen und der präzisen Postlaufzeit – die TS »Düsseldorf«

brauchte auch auf ihrer laut Kopfzeile achtundvierzigsten Reise auf der Hamburg-Surabaya-Route wie gewohnt mehr als vier Monate. Jeder seiner Briefe begann mit der Uhrzeit, der Luft-, Wasser- und Kammertemperatur, um dann das Leben an Bord zu schildern, die Monotonie, die ständige Quengelei, die sich auf See ums Essen dreht wie an Land ums Wetter und die sich gegen ihn richtete, den Steward. Er klagte über das »Kleinbürgertum der Seeleute«, ihren Nationalstolz »auf einem kleinen Stück deutschen Bodens«, ihre »Weltfremdheit in der Weltfremde« ... anfangs sei er »glücklich« gewesen, doch »das Glücksgefühl der ersten Fahrten ist unwiederholbar«. Während ich in der Kaserne die verbleibenden Monate und Tage zählte, schipperte er durch Warmwassermeere, was ihn immerhin vom »Pessimisten zum Neutromisten« beförderte, den nur gelegentlich seine »Leidenssucht« und »seine Leidenssehnsucht« erfasst. Am meisten beschäftigte er sich jedoch mit der Vergangenheit an Land, mit den Beziehungen innerhalb der verlassenen Clique, der Klarstellung seiner früheren Motive. Auf der jeweils letzten Seite seiner Luftpostbriefe wurden die Buchstaben stets kleiner und kleiner, die Zeilenabstände enger und enger ... so als liefe ein Gespräch, bei dem einer vorm Auseinandergehen noch unbedingt ein paar wichtige Dinge loswerden muss.

Von Reise zu Reise fühlte sich Charly wohler an Bord - auch wenn die Route Hamburg Surabaya stets dieselbe blieb. Das Seeklima ließ die Hautkrankheit abheilen, so dass er seine Hemmungen ablegte und begann, in blumigen Beschreibungen vom Liebreiz dieser Asiatinnen, Malaiinnen oder Javanerinnen zu schwärmen. Als Beweis für die überwundene Blockade schickte er mit seiner Weihnachtspost von 1967 ein paar Schnappschüsse von lachenden Mädchen und ihm am Meer, auch Fotos vom Wäscheaufhängen vor ihrer Holzhütte in Surabaya. Charly führte sich offenbar nicht so auf wie der Brechtsche Surabaya-Jonny, der von Burma raufkam und nur das Geld der liebeskranken Surabayarin wollte ... War'n schöne Gute-Nacht-Geschichten für einen im Doppelstockbett der Rommel-Kaserne vor sich hinphantasierenden Freund ... der unberührte Junge aus Rittersberg am Harz ... von den Mädchen auf Java geknackt - verrückt, dachte ich damals, endlich. Seine Erlebnisse spielten sich in einem exotischen Zwischenreich aus Gelegenheitsprostitution und natürlicher Zuneigung ab, schrieb er - ein schwieriger, von mir erst sehr viel später nachvollziehbarer Gedankengang.

Monat für Monat kreuzten sich unsere Briefe, bis in ihnen eines Tages etwas beschrieben wurde, das uns beide heftiger bewegte als alles andere. Eine überraschende, unglaubliche Koinzidenz ... offenbar hatten wir zur gleichen Zeit unsere Neigung zu derselben Droge entdeckt ... über zehntausend Kilometer voneinander entfernt und an Orten, die unterschiedlicher nicht sein konnten. Beide rauchten wir neuerdings Haschisch, das Wunder dieser Tage. Nach wie vor ähnlich zu ticken, für dieselben Dinge empfänglich zu sein - war das nicht die schönste Bestätigung unserer Freundschaft? Und überdies auch der beste Beweis, dass an der seinerzeit hier noch relativ unbekannten Droge etwas dran sein musste? Getrennt und doch gemeinsam machten wir eine neue Erfahrung - Charly in Surabaya, wo sein

Frachter, die »TS Düsseldorf«, lag, und ich in der Stadt Düsseldorf, meinem neuen Wohnort nach der Entlassung aus dem Militär. Der Stoff und seine Wirkungen wurden zu einem unserer Dauerthemen, das uns lange erhalten bleiben sollte. Charlys Theorie zufolge baute Hasch Hemmnisse aller Art ab, Unterschiede schwänden, ein einfühlsames Miteinander entstünde, auch tolle Verwischungen vermeintlich realer Tatsachen, ansonsten love and peace and the sea. Mir dagegen erschien das Zeug weniger berechenbar – anfangs musste ich mich nach zwei, drei Zügen stets heillos verwirrt auf die nächstgelegene Toilette verdrücken, um im sicheren Sitz die erste Welle der Gedankenexplosionen abrauschen zu lassen. Das beschrieb ich ihm, wie auch die schnell gefundenen neuen Freunde, ein Fotografenpaar, das in seinem Dachatelier an eine ständig wachsende Runde kostenlos Haschisch verfütterte ... Nach den grauen Vorzeiten war ich froh, endlich zu einer Clique törnender junger Großstädter zu gehören, die jeden Abend mit etlichen Heiterkeitsausbrüchen und schrägen Tüfteleien verbrachte – alles Leute, schrieb ich, die auch ihm gefallen würden. Nur das Zeugs selbst, das war oft knapp. Der Vorrat des Fotografenpaares steckte in einem Ledersäckchen, das an einem langen Seil in der Dachluke baumelte und zum Jointbasteln jedes Mal hochgehievt wurde, bei Erscheinen ungebetener Schnüffler jedoch mit einem Schnitt in die Anonymität des Hinterhofs versenkt werden konnte. Wenn kein Hasch mehr im Haus war, blieben als letzte Quelle die versplissenen Bastteppiche, aus denen ein paar im Lauf der Woche runtergefallene Krümel für einen vorerst letzten Joint herausgeschüttelt wurden.

Niemand wusste, wie und wie lange der Barras einen vor ihm ausgekniffenen Gelegenheitsmatrosen im Auge behalten würde. Doch im dritten Jahr, im Sommer '67, wollte Charly nicht mehr »den Verdammten der Meere, den fliegenden Holländer« geben und kündigte brieflich seinen Abschied von See an. Und tatsächlich – nur zwei, drei Wochen danach rief er mich an und bat mich, ihn übermorgen im Hamburger Hafen abzuholen. Fahr mit dem Auto direkt zu unserem Kai, komm hoch aufs

Schiff, sagte er, wer abheuert, muss all seine Klamotten von Bord schaffen ... Kein Problem, sagte ich, der Kofferraum dürfte für dein Seemannsgepäck groß genug sein. Seit Tagen läge er krank und melancholisch in der Koje, sagte er noch, der Abschiedsschmerz von der Crew ... die Jungs hätten genau gewusst, dass er nicht wirklich dazugehörte und ihn dennoch all die Zeit respektiert. Zwei Tage nach unserem Telefonat fuhr ich morgens hoch nach Hamburg, an die von ihm angegebene Adresse *Südostasien-Kai*.

Ein auf ewig unvergessener Nachmittag im Hafen lag vor uns, ein Moment, in dem der weitere Verlauf unseres Lebens eine völlig andere Richtung hätte nehmen können, und das innerhalb von Sekunden - nicht viel Bedenkzeit, um das einzig Richtige zu tun.

Charlys Gepäck war bereits verstaut, als er sagte, da wäre noch etwas, eine Art Mitbringsel. Zu meinem Erstaunen hatte er aus seinem Spind nach und nach mehr als zwanzig Päckchen herausgeholt - jedes in der Größe einer Zigarettenstange, eingewickelt in dunkelolives, leicht öliges Wachspapier, aus dem an abgestoßenen Ecken ein schwärzliches Gestrüpp aus kleinen Zweigen und getrocknetem Blattwerk hervorlugte.

Indonesisches Gras, sagte Charly, guter Jahrgang, eins a 1967er Surabaya Gold ...

Bist du verrückt, sagte ich, so einen Haufen hier anzuschleppen.

Ein Geschenk, für dich und deine neuen Freunde in der Düsseldorfer Dachstube, die du in deinen Briefen so schön beschrieben hast ...

Die zehn, zwölf Kilo reichen für die ganze Stadt – am Zoll werden sie uns die Ohren langziehen, bei so einer Menge.

Du hast doch ein großes Auto ...

Wir stopften die Wachspapierpäckchen unter die hintere Sitzbank, das einzig noch mögliche Versteck. Doch der Stauraum dort fasste die Menge nicht. Die letzten Stangen mussten wir hineinzwingen, am Ende vergeblich – die Rückbank ließ sich nicht mehr ganz runterdrücken und blieb eine Handbreit offen aufgeklappt, nichts zu machen. Als wir losfahren wollten, sprang der Motor nicht an. Scheiß-Benzinuhr, schrie ich in den Wind, immer diese Falschanzeigen. Wir mussten mit dem Reservekanister losziehen und irgendwo Sprit besorgen. Die Zollbeamten, die mich bei der Einfahrt eben erst durchgewinkt hatten, amüsierten sich ... so'n Pech aber auch, junger Mann, so'n schönes Auto und dann kein Benzin. Sie beschrieben den Weg zur nächsten Tankstelle, raus aus dem Hafen, durch den Tunnel und draußen gleich rechts ... auf der damals einzigen Straße, die von den Kais in die Stadt führte. Als wir auf dem Rückweg mit dem gefüllten Kanister wieder am Zollhaus vorbeikamen, blieben sie an ihren Schreibtischen sitzen und winkten uns spöttisch grienend zu.

Minuten später, bei der Ausfahrt vom Hafengelände, hoben wir dann wie gute Bekannte grüßend die Hand und hielten es nicht für nötig, am Zollhaus anzuhalten. Warum auch – mittlerweile kannten uns die Leute doch ... keine Lust, uns ihre blöden Scherze noch mal anzuhören ...

Nachdem wir dort vorbeigefahren waren, sahen wir im Rückspiegel ein paar auf die Fahrbahn laufende, dabei wild die Fäuste schwingende Zollbeamte – und entschieden instinktiv, diese Leute nicht gesehen zu haben. Bei Lage der Dinge erschien es besser, deren Aufforderung zur Umkehr nicht zu folgen, den Wagen einfach geradeaus weiterrollen zu lassen, die Fahrt ohne Tempoverschärfung fortzusetzen und im Tunnel zu verschwinden. Erst als die grünen Männlein mit ihren armrudernden Aufforderungen im Spiegel immer winziger wurden und wir nach Durchquerung des Tunnels den normalen Stadtverkehr erreichten, wich die Anspannung. Charly hatte sich aus der Tiefe des Beifahrersitzes hochgerappelt und so etwas wie »mächtig Schwein gehabt« gemurmelt, gar nicht auszudenken, was uns hier hätte blühen können ... zwischen dem Seemann und der Ewigkeit befand sich auch in diesen Momenten nur eine Planke. Keine Ahnung, was alles passiert wäre, wenn die Zöllner ins Auto gekuckt und die unterm Rücksitz hervorlugenden, exotisch verpackten Mitbringsel entdeckt hätten ... So kam das trockene Gras unbeanstandet durch, ein hochwillkommenes Geschenk, das in Surabaya keine hundert Dollar gekostet hatte und Charly und mir bei den Düsseldorfer Freunden langanhaltende Sympathien einbrachte. Der Rausch war groß.

Und das Leben konnte so weitergehen, wie wir es wollten - ohne für drei, vier oder mehr Jahre aus dem Verkehr gezogen zu werden und als einschlägig Vorbestrafte einen frühen, irreversiblen Bruch in der Biografie verwinden zu müssen ... Dass wir an diesem Nachmittag im Hafen vom Zugriff verschont blieben, erschien uns im Nachhinein als ein Akt höherer Gerechtigkeit. Schließlich hatten wir nichts Böses getan oder vorgehabt. Wir waren jung und unschuldig.

... nach der heiter verlaufenen Lesung eines stark cannabishaltigen Kapitels meines ersten Romans kamen in Mainz zwei junge Studenten aus dem Publikum zum Autorentisch. Die beiden wollten etwas loswerden. Seit Jahren dick befreundet, gerieten sie neuerdings ständig in Streit, weil einer häufig kiffte, worunter der andere, abstinente, zu leiden hatte – weshalb er vehement dagegen war. Sie wüssten nicht, wie es mit ihnen weitergehen sollte, sagte der eine, und der andere, ja, sie machten sich große Sorgen um den Bestand ihrer Freundschaft. Ich erinnerte mich an ähnliche, aus späterer Sicht überflüssige Konflikte und war gerührt vom Ernst der beiden, die mich als den vermeintlich Erfahrenen nach Rat fragten. Freunde bleiben, sagte ich, unbedingt weiterhin Freunde bleiben ...

Frau mit Flugplatz

Einmal sind wir sogar zusammen geflogen ... fiel mir, den Brief in den Händen, wieder ein ... wir zwei allein, ein einziges Mal nur, gut hoch- und wieder runtergekommen ...

An einem klaren Sommertag waren wir in Holstein aufgestiegen und hatten uns über Stunden im grenzenlosen Abendhimmel zwischen den Meeren verloren, entzückt von der Aussicht, vom Panorama eines späten Sonnenuntergangs – ein gelungener Jungfernflug für sie, für Edith ... die damals noch gute Freundin. Sie hatte erst am Morgen ihre Privatpilotenlizenz bekommen und sich zur Feier des Tages eine kleine, ältere Maschine geliehen. Ohne Anzeichen von Unsicherheit oder Nervosität saß sie am Steuer, dahinter ich auf dem Passagiersitz der beengten, sich etwas schwertuenden Cessna, die mit ihrer Geschwindigkeit von maximal 120 Stundenkilometern ein vergleichsweise menschenfreundliches Tempo vorlegte, was jedoch genügte, um mir ein paar beängstigende Höhenmomente zu verschaffen ... Allein das sich mehrmals einstellende Gefühl, wir würden dort oben bei laufendem Motor vor einer rotzeigenden, wie von Geisterhand in die Luft gehängten Flugstraßenampel stehen, während ein paar hundert Meter unter unseren Hintern die in dieser Gegend beheimateten Düsenbomber fast mit Schallgeschwindigkeit über Baumwipfel und Felder schossen. An jenem Abend wollte es die Neu-Pilotin unbedingt bis in die Lüneburger Heide schaffen - zu gern hätte sie in einen dort laut Nachrichten wütenden Waldbrand von oben hineingesehen. Eine aus Fuhlsbüttel gefunkte Stimme verdarb ihr den Blick ins Feuer. Erst nach der dritten, bereits drohenden Aufforderung vom Kontrollturm war sie zur Umkehr bereit, und ließ die kleine Cessna 150 bei hereinbrechender Dunkelheit auf die psychedelisch illuminierte Landebahn plumpsen - unerschrocken diese Frau, die Edith.

Schon lange her, diese schönen Flugstunden, etliche Jahre ... wie auch die Bekanntschaft mit Edith - doch was daraus folgte, hatte für mich zeitlebens eine besondere Bedeutung.

Nach der Lektüre des jüngsten und vermutlich letzten Schreibens der Anwälte in dieser Angelegenheit schwirrten mir jede Menge Details durch den Kopf – was für eine Geschichte, was für ein ärgerliches Ende, was für eine Frau, an die ich seinerzeit geraten war ... Den mit Abschriften und Kopien angereicherten Brief in den Händen, hatte ich zwangsläufig ihr Bild vor Augen, ihr früheres, noch ungealtertes Gesicht, die ungewöhnlich hohe Stirn, den schmallippigen Mund ... ein, trivial gesagt, vogelartiges Gesicht, dem man Gefühlsregungen kaum ansehen konnte ... Für mich war Edith Liermann von der ersten Begegnung an eine Mittvierzigerin der unheimlichen Art ... eine leicht mysteriöse Frau, deren jeweilige Absichten hinter ihrem durchtrainierten Pokerface im Verborgenen blieben. Sie wusste sich durchzusetzen, auch geschäftlich.

Der Pilotenschein also als Krönung einer erfolgreichen Super-Woman?

Der ganz besondere Kick für eine gutbemittelte, emanzipierte Kämpferin? Oder doch nur ein Spaß, ein hübsches Hobby, das Prestige bringt?

Du glaubst ja nicht, was mit so einer Lizenz zum Fliegen alles möglich wird, sagte sie seinerzeit zu jedem, der den Sinn ihrer neuen Freizeitbeschäftigung in Zweifel zog.

Wahrscheinlich hatte sie darin von Anfang an eine über das bloße Vergnügen hinausreichende Perspektive gesehen - ohnehin schien sie die Frage nach der Verwertbarkeit von auftauchenden Ideen oder Phänomenen andauernd zu beschäftigen; ungeachtet ihres reichlich Einnahmen bringenden, achtzig Betten zählenden Mittelklassehotels. Sie wollte stets mehr ... ein zweites Haus eröffnen, eine Luxuspension auf Sylt ... mehr Geld machen eben, die alte Hanseatenkrankheit. Wenn sie sich deswegen angegriffen fühlte, erzählte sie die Geschichte ihrer Kindheit in Schlesien - die Gänseliesel sei sie dort gewesen, das ärmste Mädchen im Dorf, das ewig lang den Himmel um Erlösung angefleht hätte und nun endlich einmal von oben auf die Bauernwiesen runterkucken könnte. Dass sie bereits nach einigen Wochen des erlaubten Allein-Fliegens raue Mengen zollfreie Alkoholika mitbrachte, war so wenig überraschend wie der Sack Marihuana, den sie Monate später anschleppte und mit der Runde bei ihr zu Hause wegrauchte - ein Souvenir aus Tanger, erklärte sie, ein bei der Reichweite der Cessna gerade noch ansteuerbarer Ort.

Mit dieser Edith hatte mich meine frühere Freundin Simone zusammengebracht - sie kannte die Liermanns schon seit längerem. Anfangs interessierte mich dieses Paar allerdings kaum. Was Simone über die beiden erzählte, missfiel mir sogar - die von ihnen geführte, offene Ehe, die eher Ediths Bedürfnissen entsprach und ihr gestattete, sich einen aus jugendlicher Orientierungslosigkeit geretteten, um Jahre jüngeren Geliebten zu halten. Im gemütlichen Salon dieser Gründerzeitvilla wurden allabendlich in einer von Edith ermunterten Runde mehr oder weniger sinnfällige Geschäftsmodelle diskutiert, ohne dass Niklas Liermann, der Herr des Hauses, einbezogen gewesen wäre. Zu der Runde gehörte auch der Besitzer der kleinen Cessna, ein Kumpel aus dem Hartenholmer Fliegerclub ... ein dicklicher, unscheinbarer Typ vom MAD, dem Militärischen Abschirmdienst, der seine Schweigepflicht verinnerlicht hatte und in Gesellschaft so gut wie gar nichts sagte - neu in einem Milieu, traf man offenbar auch unter Fliegern nicht gleich die besten Leute. Edith schaffte es allerdings, aus jeder Bekanntschaft ihren Nutzen zu ziehen ... Im Fall des verdrucksten Geheimdienstlers waren es die Kenntnisse über grenzwertige Schliche bei der Fliegerei, die Tricks, wie sich Polizei- und Zollkontrollen vermeiden ließen, wie Notfälle zu simulieren waren, die den Piloten das Recht gaben, auch auf abseits gelegenen, unbewachten Flugplätzen zu landen - die Behauptung einer technischen Störung erlaubte das logischerweise jederzeit ...

Wer auf das Feeling in einer dieser fliegenden Klapperkisten scharf ist, kann sich genauso gut in ein Schleuderkarussell auf dem Jahrmarkt setzen, sagte ich zu Simone, wenn ich sie spätabends bei den Liermanns abholte. Ohne die leiseste Ahnung, was sich aus dieser Bekanntschaft für mich noch entwickeln sollte, hielt ich das permanent begeisterte Gerede im Salon für angeberisches, kurioses Fliegerlatein - eine am Ende teure Fehleinschätzung. Ediths erkennbare Entschlossenheit, sich nicht unbedingt mit dem für sie real Verfügbaren zufriedenzugeben, hätte mir selbst als distanziertem Gelegenheitsgast zu denken geben müssen. Es fiel ja auf, dass sie sich nicht an kleinlichen Disputen oder an den langatmig bekakelten Verstimmungen innerhalb der Freundesrunde beteiligte, alles unwichtig für sie, die Empfindlichkeiten anderer entlockten ihr bestenfalls ein stiefmütterlich gehauchtes Ach, ach ja. Sie wollte lieber über die eine oder andere erfolgversprechende Idee reden und war mit Blick auf ihre Selbstbeglückung auch bereit, ins Risiko zu gehen – ihren Ankündigungen folgten meist im nächstmöglichen Moment entsprechende Taten. So sah es jedenfalls eine ganze Weile lang aus. Den gesamten Plan – wenn es ihn denn gegeben hatte – konnte ich erst erkennen, als es zu spät war ...

Vielleicht wäre das Schlimmste zu verhüten gewesen, wenn mein Interesse für Niklas Liermann, ein ihn nach Möglichkeit bestärkendes Interesse, früher eingesetzt hätte – beeindruckend, doch auch verwunderlich, dass und wie er seiner langsam davonfliegenden Frau wieder näherkommen wollte, sie bei der neuen Lieblingsbeschäftigung unterstützte ... und ihr als hingebungsvollen Höhepunkt eine neue Wunschmaschine, die Cessna 175, kaufte, wetterfester als die Vorgängermodelle und mit größerer Reichweite. Die Liermanns führten ihre aus vorehelichen Zeiten bestehenden, angeblich gut laufenden Geschäfte getrennt, doch wie ich zufällig mitkriegte, kam der gute Niklas nur Wochen nach dem Flugzeugkauf mit einem Pappkarton voller Utensilien aus seinem Stadtbüro nach Hause - mit dem letzten Geschenk an seine Frau hatte er sich offenbar übernommen. Seine Import-Export-Firma war endgültig ruiniert ... mit Verdacht gar auf betrügerischen Konkurs ... Außer diesen zunächst nur geraunten Halbwahrheiten wusste ich nichts Genaueres über die Hintergründe im Hause Liermann. Während für Edith und ihre Freunde das gewohnte Leben weiterging, wurde ihr Ehemann zum allgemeinen Entsetzen tatsächlich für einige Monate in Untersuchungshaft genommen; womit sich, nebenbei gesagt, auch für mich eine unangenehme Erinnerung verband. Weil ich eines Nachmittags, als ich Simone zu den Liermanns gefahren hatte, von der wie stets schwer beschäftigten Edith gebeten wurde, frische Wechselwäsche für Niklas ins Gefängnis zu bringen ... Und dort in ein mir bis dahin unbekanntes, furchteinflößendes Prozedere geriet ... Es begann mit einem von mehreren Beamten eskortierten, endlos scheinenden Gang durch Flure und Personenschleusen, wobei etliche Gittertüren mit martialischem Gerassel auf- und abgeschlossen wurden, und endete schließlich in einem tief in den Kellern liegenden Kalfaktorraum, wo nach langem Warten jeder mitgebrachte Strumpf, jede Unterhose, jeder Saum unter strengsten Blicken sorgsamst Zentimeter um Zentimeter befingert wurde ... eine vielleicht ahnungsvolle Maßnahme, von der Anstaltsleitung aufgrund der Einschätzung des Persönlichkeitsprofils ihres Gefangenen getroffen. Denn kurz nach seiner Entlassung verschwand Niklas Liermann und wurde erst nach Wochen im Sommerhaus seiner Eltern auf Bornholm gefunden – in einem blutbefleckten Bett, das Gewehr längs auf der Brust, den Lauf dort, wo zuvor sein Mund gewesen sein musste.

Höchst überraschend für mich, dass Edith unmittelbar nach dem Bekanntwerden des Todes ihres Ehemanns ausgerechnet mit mir das Gespräch suchte. Soweit ich mich erinnere, war sie sehr aufgeregt, fast hektisch, als stünde sie unter Zeitdruck ... Seine Lebensversicherung ... sagte sie, eine halbe Million ... aber bei Selbstmord zahlen die Leute nullkommanichts. Leuchtet einem einigermaßen ein ... erklärte ich ... so sind nun mal die Regeln. Aber tot ist doch tot, sagte sie und tat so, als wollte sie einfach nicht wahrhaben, dass er sich eigenhändig umgebracht haben sollte. Und in mir sah sie jemanden, der ihr helfen könnte, der womöglich über Kontakte verfügte zu bestimmten Leuten, raffinierten Spurenlegern, die einen gewöhnlichen Selbstmord sozusagen post mortem in einen einträglichen Mord verwandeln könnten; umgekehrt wär's bestimmt schwerer. Einen ganzen Abend lang redete sie auf mich ein, spielte alle denkbaren Möglichkeiten wie in einem Fernsehkrimi durch und regte sich furchtbar auf darüber, wie ärgerlich es wäre, wenn sich die Versicherungssumme nicht kassieren lassen sollte ... das schädige doch nur einen dieser, wie sie meinte, betrügerischen Großkonzerne. Was den Umgang mit Versicherungen angeht, gibt es sicherlich zwei Meinungen. In diesem Fall aber habe ich nur eine, sagte ich ihr schließlich - dein Mann hat Selbstmord begangen, und das ist klar genug.

An Warnungen fehlte es also nicht ... Spätestens nach diesem Gespräch hätte mir klar gewesen sein müssen, mit wem ich es hier zu tun hatte. Sich mit so einer Person auf irgendeinen Handel einzulassen sollte gründlich überlegt und dazu rechtlich abgesichert sein - auch wenn der Fall auf beruhigende Weise ins private Beziehungsgeflecht hineingeknüpft schien ... Bei meinen, Simones wegen, nach wie vor regelmäßigen Stippvisiten konnte ich sehen, wie sich Ediths Witwenleben zwischen Arbeitsalltag und freien, für Übungs- und Spazierflüge genutzten Tagen wieder normalisierte. Im Sommer reiste sie per Linienflug für einen Urlaubsmonat in die USA - den ersten Urlaub, wie sie sagte, nach zehn Arbeitsjahren -, um nach der Rückkehr von den dortigen Möglichkeiten zu schwärmen. Sie hätte da etwas im Auge, erzählte sie meiner Freundin, eine von ihr aus der Luft entdeckte, landschaftlich sehr schön gelegene und günstig erwerbbare Immobilie. Neben der verständlichen, amerikanischen Begeisterung jammerte sie dieser einmaligen und vermutlich verpassten Gelegenheit noch eine Weile hinterher. Nichts zu machen, wenn man nicht flüssig genug war. Der Umbau des zweiten Hauses, der Tod ihres Ehemanns und auch die Kosten für die Cessna hatten zu einigen, wie sie es nannte, beherrschbaren finanziellen Problemen geführt.

Was daraufhin - und noch in jenem Sommer - folgte, diese, rückblickend betrachtet, riesengroße Dummheit, gehört zu den bittersten Erinnerungen meines Lebens ... schwer, sich diese Handlung noch einmal vorzustellen, die komplizierte Logik zu erklären, die dahinterstand ... Tatsache bleibt, dass ich Edith an einem warmen Sommertag in ihrer Gartenlaube meine gesamten Ersparnisse übergeben habe ... Zuvor hatte sie ihre momentanen Schwierigkeiten bejammert, die überteuerten Umbauten, die Fliegereikosten, und ich hatte ihr die vom Konto geholten Fünfzigtausend bar auf den Tisch gelegt, in großen Scheinen, ein

Darlehen, versteht sich ... Es schien unproblematisch zu sein ... ein Akt unter Freunden, sie und ich unterschrieben ein Papier, eine Kopie noch, tranken danach Kaffee und gingen wahrscheinlich verschieden gestimmt auseinander. Am Ende hätte die Sache auch gut verlaufen können - ein Allerweltsvorgang schließlich, einer abgesicherten, guten Bekannten aus einer vorübergehenden Klemme zu helfen, und das gegen einen zu diesem Zeitpunkt nur geringfügig über dem bankenüblichen, zweimal jährlich fälligen Zins. Nichts und niemand hatte mich von diesem Geschäft abgehalten, selbst mein ansonsten zuverlässiger Instinkt nicht.

Ganz unabhängig davon, was am Ende aus dieser Geldanlage wurde, musste ich mich im Nachhinein schon fragen: Warum habe ich das getan? Wegen des zusätzlich zu kassierenden Tausenders an Zinsgewinn pro Jahr? Um meine Ersparnisse in Form einer neuen Großküche oder als möglichen Hausverputz einer eventuellen Luxuspension auf Sylt volkswirtschaftlich korrekt arbeiten zu lassen? Und das als jemand, der die Geldwelt längst negierte, der Geschäftemachern und Finanzmaklern mit größter Skepsis und Zurückhaltung begegnete? Vielleicht sah ich damals die Chance, mein kompliziertes Verhältnis zum Geld auf jemand anderen zu übertragen, also die Aufgabe, sich über größere Beträge Gedanken machen zu müssen, einfach abzuwälzen, auf einen Schlag loszuwerden ... was ja auch gelang ... sogar ein für alle Mal; jedenfalls dürfte sich die Frage, ob eine Anlage die richtige für mich sei, in meinem Leben höchstwahrscheinlich nicht mehr stellen. Doch bei allem Ärger über den Weitergang der Geschichte, bei aller Berechtigung eines auch juristischen Nachkartens blieb immer klar, dass die Konsequenzen dieser Finanzaktion niemand anderem anzulasten waren als mir selbst. Schließlich war ich aus freien Stücken für einen Moment ein williger Teil dieses Kreditgeschäfts geworden - in einer Art zerebraler Spiegelung mit ihr, mit Edith.

Und meine Freundin Simone? Hatte dem Deal mit Edith zugeraten - und sich einige Wochen danach wegen unserer ständigen Querelen von mir getrennt. Noch so eine verdrängte, gefühlswirre Geschichte, deren Einzelheiten ich nur ungern erinnere, da sie im Zusammenhang mit dem Edith-Kredit eine unglückliche Rolle spielen. Denn nach unserer Trennung hielt ich es für besser, die Liermannsche Villa eine Weile lang zu meiden - es sollte nicht der Eindruck aufkommen, dass ich Simone dort auf bequeme Weise wiedersehen wollte. Daraus wurde eine immer länger andauernde Pause. So verging Zeit. Ediths Zinszahlung kam zunächst pünktlich, blieb jedoch schon am nächsten Stichtag aus. Nach Wochen des Zuwartens war meine Besorgnis so groß, dass ich eines Morgens in einem plötzlichen paranoiden Schub alle mir aus Ediths Umfeld bekannten geschäftlichen wie privaten Telefonnummern anrief - ohne dabei irgendwen zu erreichen, ein Unding ...

Soweit ich mich erinnere, fuhr ich in leichter Panik kreuz und quer durch die Stadt und war bald doppelt geschockt ... Ediths Hotel in der Kieler Straße schien bereits seit längerem geschlossen zu sein, vor der ebenfalls verlassenen Villa ragten neben einem Betonmischer ein Sandhaufen und ein Sperrmüllberg auf - keine Ahnung, wo die Leute sind, sagte einer der Bauarbeiter, wir bauen den neuen Mietern hier 'nen bisschen was um ... Gegen Abend erreichte ich Ediths Pilotenkumpel vom MAD, der mir die Lage telefonisch knapp erklärte – Ediths Banken hätten verrückt gespielt, sie sei vor einem Monat etwa kurzentschlossen in die USA übersiedelt, ihre Cessna ham' wir nach Bremerhaven geflogen, die ging per Schiffsfracht rüber in die Staaten ... alles klar, so weit.

Ja gut, alles klar – nein, natürlich nicht, ganz und gar nicht ...

Auch anderntags, nach einem Gespräch mit Ediths Anwalt, war mir die Sache noch nicht klar, aber klarer. Seinem Wissensstand zufolge sah Edith sich als Opfer der Banken. Sie hätte zuletzt über deren unverständliche Forderung geklagt, von ihr Kreditschulden und Hypotheken verfrüht zurückzuverlangen, was am Schluss der Hin- und Herrechnerei das Haus selbst kostete – ein Haufen Leute sei auf ihre Villa scharf gewesen, eine Immobilienmafia, die, wie sie gewusst hätte, dem Direktor ihrer Bank in solch wackligen Fällen dicke Geldumschläge unters Stuhlkissen schieben würde. Denn nur so erkläre sich, dass von ihrer Bank eine rasend schnelle und damit den Verkaufspreis drückende Zwangsversteigerung in Gang gesetzt wurde ... Der dadurch entstandene Verlust sei der Anfang von ihrem Ende gewesen, sie sei sogar froh über dieses Ende, aber auch traurig, einige Geschädigte bis auf weiteres in der Heimat zurücklassen zu müssen. Den Schaden würde sie jedoch wiedergutmachen, hatte sie – ihrem Anwalt zufolge – telefonisch versprochen ... Sie sei dabei, sich in den Vereinigten Staaten eine neue Existenz aufzubauen, und werde mit ihrem ersten Verdienst sogleich anfangen, speziell mich zu befriedigen.

Lag nun auch schon länger zurück, dieses lieb gemeinte Versprechen, das bei mir damals bereits den Verdacht aufkommen ließ, in der Angelegenheit letztlich leer auszugehen ... Ein Verdacht, den die über Jahre gesammelten Dokumente bestätigten, die hin- und hergegangenen Briefe der Anwälte, die Schuldtitel und Zahlungsbefehle, von deutschen Gerichten verhängt und von der US-Post ordentlich zugestellt, trotzdem das Porto und Papier nicht wert – für Finanzdelikte gab es zwischen den Ländern kein Abkommen, da konnte man rüberschicken, was man wollte. Der jüngste und wahrscheinlich letzte Brief ihrer Anwälte machte mir noch einmal wortreich klar, dass die verliehenen Fünfzig Mille abzuschreiben, ja endgültig verloren waren ...

Meine gute alte Bekannte war im Gefängnis von Rutherford gelandet - und das gleich für die nächsten sechseinhalb Jahre ... Das Gericht des County hatte Edith schuldig gesprochen, auf ihrem mehrere Hundert Hektar großen Grundstück weiträumige Marihuana-Pflanzungen angelegt zu haben.

Es wäre aus reiner Verzweiflung geschehen, hatte sie dem Richter erklärt, weil sie ihre Existenz vor dem drohenden Ruin bewahren musste ... Marihuana anzubauen war nichts Ungewöhnliches in dieser Gegend, auch größere Plantagen fügten sich optisch gut in die Landschaft ein ... kaum zu unterscheiden von den wilden Wiesen und Farnkrautfeldern, unauffällig wie die Natur selbst ... bei drastischen Strafen für die Pflanzer ...

Zwei, drei Jahre vorher war Ediths Start zunächst perfekt verlaufen - sie hatte sich in Oregon einen kleinen Flugplatz gekauft. Es war der Flugplatz von Glendale City, einem 850-Seelen-Ort, laut Internetauftritt der Gemeinde *a great place to be* ... auch für sie, eine immer noch attraktive Geschäftsfrau, Mitte 50, aus Hamburg, Germany, nun zu Hause in Glendale, am Old Pacific Highway No. 99. Ihr gehörten neben dem Airfield etliche Hektar Land, dazu ein Zehn-Zimmer-Hotel mit Pool – eine Anlage wie geschaffen für anreisende Hobbypiloten, die sich über den endlos ausgedehnten Waldgebieten, den Naturreservaten und den nahen pazifischen Buchten im Urlaub mal so richtig ausfliegen wollten ... Keine schlechte Idee – aber auch keine gute, wie sich herausstellen sollte.

Sie hat einen verlassenen Flugplatz gekauft, erklärte ihr Anwalt ... einen sterbenden Flugplatz in einer verlassenen Gegend, an einem entlegenen Ort, den schon seit einer Weile niemand mehr anfliegen wollte ...

Edith in Glendale, Oregon – keine schöne Vorstellung ... sie und ihre schlechte Immobilie, deren Verkauf einen längst an seinem Besitz verzweifelten, alten Amerikaner wieder ans Leben hatte glauben lassen ... neu im Milieu der Airportbetreiber, traf sie offenbar auch nicht gleich die besten Leute ... Kein Zweifel, sie war in eine schreckliche Lage geraten ... mit ihrem Flugplatz, abseits aller Routen, nicht benutzt, nicht frequentiert, unbrauchbar. Allein auf der Terrasse des zum Wohnhaus gewordenen Airport-Hotels, wartete sie auf Flugzeuge, strich um den Pool, lauerte auf Funkmeldungen ... über Wochen, über Monate und übers Jahr hoffte sie auf die Fliegerfreunde, niemand tauchte am Horizont auf, kein Motorengeräusch in the air, nichts, nichts, immer nur Stille ... Eine so intensive Stille, dass sie eines Tages das Gras wachsen hörte ... und was sie aus dem Geflüster heraushörte, verwandelte den unnützen Flugplatz in eine langsam aufkeimende, grüne Hoffnung, zu einer neuen Existenzgrundlage mit der ersten Ernte, für die sie hart landwirtschaftlich arbeiten musste, mit Erfolg ... Bis zu dieser verfluchten Nacht, in der die Luft über der ehemaligen Landebahn durch das aggressive Geknatter mehrerer Polizeihubschrauber gequirlt wurde ... Als Edith die grellen Lichtkegel der zustechenden Suchscheinwerfer über ihr längst wild überwuchertes Areal huschen sah, wusste sie, dass sie mit ihren Pflanzungen aufgeflogen war.

Am Ende muss sie eine Ahnung davon bekommen haben, was der in Fliegerkreisen oft zu hörende, als Bann gegen jede Furcht gebrauchte Spruch bedeuten könnte: Die schlimmste Situation für uns Piloten ist die, bei der Landung vom eigenen Flugzeug überholt zu werden.

... Anfang der siebziger Jahre sorgten junge, meist langhaarige Männer in einigen Innenstädten für Aufsehen, als sie mit ihren Sammelbüchsen Geld von Passanten erbaten – Spenden für die bis dahin unbekannte Release-Bewegung, einen »Verein zur Bekämpfung der Rauschgiftgefahr«. Mit Gesprächen und Broschüren klärten sie über den Doppelcharakter von Haschisch auf, über die positive Seite einer möglichen Bewusstseinserweiterung, aber auch über die drohende, negative Seite der gesellschaftlichen Isolation des einzelnen Kiffers. Aufmunternd riefen sie in die Menge: Spenden Sie bitte für die Rauschgiftopfer! Da helf' ich mal, sagte so mancher und steckte einen Zehner in den Schlitz. Beim Leeren der Büchsen gab es im Release-Zentrum heftige Verteilungskämpfe, aber wie ich aus sicherer Quelle weiß, genügten die Spendeneinnahmen eines einzigen Tages, um den Verein eine Woche lang sicher mit Shit zu versorgen ...

Ein Mann des Übergangs

Das schwarz umrandete Kuvert war mir sofort aufgefallen - lang nicht gesehen, einen Trauerbrief wie diesen, der im Häufchen meiner wöchentlich in die Reha nachgeschickten Post steckte. Auf dem Umschlag stand als Absenderin eine Birgit Kröhnke ... Berlin ... Kröhnke, Birgit ... keine Ahnung, wer das sein könnte. Erst die gedruckte Karte machte klar, wer da als »mein geliebter Mann, und unser Vater« betrauert wurde - Michael Kröhnke, ja natürlich, der Micha, ein umtriebiger Bursche, mit dem ich eine Zeitlang zu tun hatte ... in Hamburg, Ewigkeiten her. In späteren Berliner Jahren waren wir uns nur noch sporadisch begegnet, seit etwa zehn, zwölf Jahren gar nicht mehr. Daher wunderte es mich, auf die vermutlich von ihm selbst verfasste Einladungsliste für die Beerdigung geraten zu sein - und die über seinem Namen stehende Berufsbezeichnung »Modedesignor« wunderte mich auch. Dass sich auf der Todesanzeige neben dem Text auch ein Foto von ihm fand, wunderte mich weniger. Darauf hielt er mit pathetischem Blick eine Bahn Stoff in den vorgestreckten Händen, eine gefühlvoll werbende Pose, deren es nun freilich nicht mehr bedurfte. Alte Freunde konnten diese Geste allerdings auch im übertragenen Sinn verstehen. Verführerische - psychotrope - Stoffe lagen ihm. Im Umgang mit ihnen hatte Micha ein traumwandlerisch sicheres Gespür - allerdings nur so lange, bis es ihn eines Tages mächtig täuschte.

Nachmittags ging ich wie gewohnt im Klinikpark spazieren, es ging ganz gut. Hinter mir lag ein nur leichter Schlaganfall ohne behindernde Folgen, außer einem noch etwas zittrig aufsetzenden Fuß - das wieder erholte Hirn aber stürzte sich wie eh und je wild auf jede Vorlage. Ich setzte mich auf eine Bank nahe dem kurzen, sumpfigen Wasserlauf und dachte an Micha, an sein Leben, seine Vergangenheit und alles, was einem nach so einer Nachricht in den Kopf kommt. Jeder gerade Verstorbene schiebt einem seine Geschichten noch einmal ins Bewusstsein, auch die zusammen verbrachte Zeit, die zusammen gefundenen und wieder hinter sich gelassenen Orte und Haltungen ... ungeordnet und unabhängig davon, wie man zueinander gestanden hat und wie lang all das schon her ist. So kamen bei mir ambige Erinnerungen hoch, ungewollte Rückblicke auf das eigene frühere Ich der vitalen Verausgabung, das lang schon zu einem anderen, wesentlich älteren geworden war und mit einer ausgedünnteren Gegenwart auskommen musste.

Auf den sandigen Parkwegen der Klinik lief die nachmittägliche Rollatorrallye, ältere Frauen quälten sich voran, ihre Brüste hingen schwer über den Gehhilfen, auf den Nachbarbänken oder Rollstühlen rauchten ramponierte Amputierte und kaum weniger ramponierte Nichtamputierte. Mir gefiel dieser Platz - nicht unbedingt wegen eines selbstquälerischen Hangs zu makabren Orten und Eindrücken, die das Reservoir existenzieller Verzweiflung wieder aufzufüllen vermochten; eigentlich saß ich hier am Wasser nahe der Raucherinsel, weil mich das Betrachten zweier meist bewegungsloser, anfangs für Plastikmodelle gehaltener Schildkröten ein wenig beruhigte - eine Beschäftigung, mit der in der Reha, der Rehabilitation, Zeit gewonnen werden konnte.

Es dauerte nicht lange, bis Herr Neumann mich an meinem Stammplatz entdeckte und sich nach kurzem Kopfnicken dazusetzte. Wir waren vor einigen Tagen an der Vitrine der Cafeteria ins Gespräch gekommen, als er alle acht dort angebotenen Eier aufkaufte und ich sagte, ah, Sie erwarten Besuch. Erst einige Unterhaltungen später fiel mir auf, dass ich mit dieser doofen Bemerkung instinktiv auf der Höhe von Herrn Neumanns Humor gelegen hatte – dem eines wenig Erwartungen weckenden, spitzbäuchigen Mittsechzigers, der als ehemaliger Senatsbeamter gerade in Pension gegangen war. Nach meinen ersten Eindrücken wirkte er nicht wie jemand, der sich zeitlebens oder auch nur phasenweise ausreichend hatte entfalten können. Vielleicht lag es an diesem Manko, dass er beim einen oder anderen Schwank aus meiner Jugend gerne zuhörte.

Heut' kam ein Trauerbrief ... mit der Post, sagte ich, und Herr Neumann fragte, ein naher Mensch?

In etwa so nah wie Sie, sagte ich – na ja, ein

ganz ganz alter Bekannter, eigentlich einer aus der langen Riege der im Lauf des Lebens irgendwann Verschollenen ... laut Todesanzeige »plötzlich und unerwartet verstorben« ... im Alter von nur 59 Jahren.

Und aus die Maus, sagte Neumann.

So siehts aus, sagte ich – der letzte noch lebende Gangster, den ich kannte, ist tot.

Gangster? Ein großes Wort.

Nun lassen Sie mir doch den Spaß.

Das kommt von Gang, die Bande steckt drin, und einiges mehr.

Also gut, der letzte Kriminelle, der letzte Gauner, den ich kannte ... ein Einzelgängster.

Noch beschäftigt mit der Todesnachricht – und ohnehin unerbittlich im Erzählen alter Geschichten – kam mir entgegen, in Herrn Neumann einen interessierten Zuhörer gefunden zu haben, ein Mini-Bündnis auf Reha-Ebene bahnte sich an. Also erzählte ich von der ersten Begegnung mit Michael Kröhnke, es müsste um 1970 herum gewesen sein, im Sommer, als dieser Micha bei mir aufkreuzte, ein ganz und gar erstaunlicher Junge, nach außen butterweich und oberfreundlich, im Inneren eiskalt wie Delon und ohne jede Angst ... Das Auffällige an ihm war zunächst, dass er in einem Bentley daherkam ... der Bursche fuhr tatsächlich einen dicken Bentley - oh la la, Euer Lordschaft, sagte ich zu ihm beim Kennenlernen, muss es ausgerechnet diese Marke sein? Ja, muss, ein Bentley S 1 Saloon, wie er präzisierte, Baujahr 1958, in Frankfurt für zehn Mille gebraucht gekauft. Ein tonnenschweres, wie aus Eisen gegossenes Auto, das wahrscheinlich nur geradeaus fahren konnte - für mich wäre es schon wegen der Unfarbe beige nicht in Frage gekommen. Doch noch viel mehr irritierte mich und andere das leicht unstimmige Bild, das diese britische Königskarosse und ein ihr entsteigender, auffallend jugendlicher Besitzer abgaben ... ein gerade mal achtzehn oder neunzehn Jahre alter, milchbubigesichtiger Schlaks, dessen bestickte indische Weste aus der Jacke lugte und dem die gewagte, bis zu den Schultern herunterwallende Mähne sehr gut stand.

Wie ein Popstar, sagte Neumann ...

Zu der Zeit gab's noch keine deutschen Popstars, sagte ich, und erst recht keine mit 'nem fetten Bentley unterm Hintern.

Vielleicht einer der Flick-Söhne, oder dieser komische Fürst ... von Bohlen-Halbach ...

Der Junge hieß Kröhnke, Herr Neumann ... wenn wir in Berlin spazieren gingen, warfen die Bauarbeiter kleine Steine hinter uns her.

Wer ihn damals mit in meine Wohnung gebracht hatte, wüsste ich nicht mehr zu sagen ... Wahrscheinlich ein anderer Berliner Bekannter, Rainer Vogel, ein sanft agitierender Hippie-Ideologe mit zeitgeistgemäßer Gefolgschaft. Möglicherweise kam er in Begleitung von Freund Derek, einem Stuttgarter Maler mit Haaren bis zum Po – auch ihn zogen verschwiegen zu behandelnde Absichten nach Hamburg. Zu der Zeit herrschte in meiner großen Wohnung in der Hallerstraße einiger Betrieb, wechselnd besetzte Kifferrunden bildeten sich und gingen wieder auseinander, und eines Abends saß eben dieser blonde Micha dabei. Wie die anderen erlebte auch er heitere und dunklere Momente, wirkte zwischendurch öfter angespannt, weil er auf entscheidende Nachrichten aus der Tiefe seines Geschäftsbetriebs wartete, die mit Verspätung oder unter Umständen gar nicht kamen ... Die Mission zog sich meist in die Länge, Liefertermine und Übergabebedingungen wurden festgelegt und bald widerrufen. Nervig, aber angesichts dieser Ware verständlich - Micha war Dealer. Er wurde von Leuten wie uns gebraucht und war doch - wie sich bald herausstellen sollte - ein Mann des Übergangs. Er, ein Berliner Kellerkind, lebte seit kurzem in Frankfurt und sah im bundesweit entstehenden Haschischhandel seine Chance.

Hat er richtig gemacht, sagte Neumann, wer etwas werden wollte, der musste Westberlin rechtzeitig verlassen ...

Das waren die Anfangszeiten dieser Tätigkeit, erklärte ich Herrn Neumann - ein Berufsprofil für Dealer existierte in den frühen Siebzigern noch nicht ... Unerfahrene, von ihrer Clique vorgeschickte Jungs mussten sich in die obskuren Kreise der gerade ins Geschäft reinsteigenden Dunkel- und Hintermänner reinfinden - eine schwierige, auch riskante Pionierarbeit. Das stets zu Gaunereien aufgelegte Hamburg war für Micha eine wichtige Anlaufstelle, so dass er bald häufiger geschäftlich herkam, ohne Genaueres über seine Arbeit zu erzählen – und wenn er mit fast flüsternder Stimme etwas sagte, dann auf freundliche Art nichtssagend. Selbst nach etlichen Joints in der ihm unvertrauten Raucherrunde blieb er wortkarg, ein Kiffer, der den von den anderen ersehnten kontrollierten Kontrollverlust offenbar nicht anstrebte. Er dealte seit einigen Monaten und hatte bereits erste Lektionen hinter sich. So wusste er, dass Plaudereien in seiner sich kriminalisierenden Branche höchst gefährlich werden konnten. Er wusste auch, dass Leute wie Rainer Vogel, der Maler Derek, der Jungdichter Pitti Waldheim und andere aus meinem Kreis es weniger gut fanden, wenn jemand mit der naturgegebenen und gefälligst zu Obst- und Gemüsepreisen weiterzugebenden Lieblingspflanze Kohle machen wollte. Wir kriegten mit, wie zügig er sich in dem Metier voranarbeitete – keine Rede mehr von lustigen Einkaufsfahrten nach Amsterdam, vorbei die Reisen mit großem Anhang, wobei das halbe Pfund Haschisch erst kurz vor der Grenze dem unauffälligsten Mädchen in den Schoß gelegt wurde, mit dem Versprechen auf einen später traumhaft schöngerauchten Sonnenuntergang

… Vorbei die Zeiten, in denen Gras und Shit so gut wie nichts kosteten, in denen die Dealer als erweiterte Selbstversorger handelten, weil sie freundschaftlich an einer nebenher mitversorgten Gruppe hingen. In einem schleichenden Prozess wuchsen Mengen und Markt – zunehmend ging es Micha um Ki's genannte Kilos und den Kies, die große Kohle.

Einige von uns hätten das störende Geld am liebsten ganz abgeschafft, erklärte ich Herrn Neumann noch – wie Pol Pot in Kambodscha oder der Club Méditerranée mit seinen bunten Glaskugeln.

Das waren einmal Revolutionen, sagte er.

Jedenfalls hätte meine Raucherrunde nicht aus kiffenden Scherzkeksen bestanden, die in ihrem unendlichen Spaßgegacker Nichtigkeiten zu krachenden Gags aufbliesen und sich über unsinnige Gegenstände und naive TV-Programme beömmelten … Mit großen Worten beschrieb ich Herrn Neumann, wie wir, alten Persern gleich, schmökend und schmökernd auf den Teppichen ruhten und über den frühmittelalterlichen Wanderderwisch Amir Ahmad und seine Vierzeiler staunten: »Das Haschisch ist es, das dem Verstand Erleuchtung bringt - doch zum Esel wird, wer es wie Futter verschlingt ...« Dermaßen auf Niveau, ließen wir pseudokritische Albernheiten nur selten zu und versuchten, unser Bewusstsein in die möglichst richtige Richtung zu erweitern. Das war schwer genug. Einige teilten die gängige Haupttheorie, derzufolge die Wirkung dieses Stoffes dabei helfen könnte, die vorhandene Wirklichkeit besser zu durchschauen und eine neue, humanere Ordnung anzustreben. Andere hielten's mit der Gegenthese, wonach vor der Veränderung der Gesellschaft die Veränderung des Selbst zu stehen hätte. Das wurde allabendlich rauf und runter diskutiert.

Es ging uns um ... die Suche nach dem Eigentlichen in der Existenz, lieber Herr Neumann, es ging um die Wahrheit.

Und dafür brauchten Sie diesen Jungen mit seinem Bentley?

Die Wahrheit ist nun mal was Großes, sagte ich, nichts für 'nen Opel Kadett.

Aber auch damals gab's die Wahrheit nur in kleinen Scheinen.

Michas Scheine wurden bald schon größer,

aber das störte niemanden, solange er keine harten Sachen verkaufte und sein Hasch grammweise oder höchstens als sogenanntes Heck im Hundertgramm-Päckchen abgab.

Und diese Marge reichte für den Bentley?

Wir war'n Anfang Zwanzig, Herr Neumann, es gab noch eine Menge Spielraum.

Wohin sich der gute Micha entwickeln würde, ließ sich anfangs nicht mal erahnen ... Stets gab er einem das Gefühl, dass er im Glauben an eine Idee handelte, dass er aus der Mitte der Hippiebewegung kam und das alles aus einer gewissen Überzeugung tat ... Mit zwanzig fehlt einem noch die etwas breitere Menschenkenntnis, die Klarheit im Urteil, erklärte ich Herrn Neumann - heut' würd' ich nicht lang rätseln, wenn mir jemand mit 'nem Bentley ankäme ... seinerzeit schraubten wir über Stunden an den unvorhersehbaren Wandlungen des Charakters oder den Varianten der Klassenfrage. Einige hielten Michas Autokauf sowohl für einen symbolischen Akt als auch die zugleich praktische Aneignung eines früher unerreichbaren Spielzeugs der Upper Class, andere belächelten ihn wie eine politische Karikatur, seht her, diese komischen Langhaarigen fahren die Limousinen der Scheichs und Könige, und sie dürfen das auch ... Im Grunde war's nur die gepflegte Marotte eines Neunzehnjährigen aus dem roten Wedding, der gerne einen durchzog und danach mit seinem Bentley den Kudamm oder den Jungfernstieg abklapperte – schließlich hatte er den Führerschein.

Im Abendverkehr könnte das unter Umständen gefährlich werden, sagte Herr Neumann.

Frappierend immer wieder, wie das Geld die Leute korrumpiert, wie schnell so jemand die antikapitalistischen, antibourgeoisen Hippie-Ideen verraten konnte, erklärte ich – woran auch scheinbar kunstorientierte, witzige Einfälle nichts änderten, wie etwa der, eines Abends performancemäßig Pitti Waldheim in den Bentley einzuladen, ein, wie gesagt, junges Dichtertalent, zart wie Adorno und nach Einschätzung der Kifferrunde auch annähernd so schlau ... Einige Monate zuvor waren ihm innerhalb von drei Tagen sämtliche Haare vom Kopf gefallen, ein ungeheurer Schock im Alter von 23 Jahren. So unversehens mit einer Vollglatze bedient zu werden, gab ihm schon früh das Gefühl eines vom Schicksal Hintergangenen, Betrogenen - mehr denn je tat ihm alles weh, was da draußen in der haarigen Welt vorging, nach Pittis Empfinden stand die gesamte gesellschaftliche Realität längst unter Brutalitätsverdacht.

... So gesehen, schob Neumann ein, hatte der junge Glatzkopf einen Platz im Bentley allemal verdient ...

... ja, unbedingt, endlich ein paar unbeschwerte Momente für ihn ...

... eine exquisite Stadtrundfahrt für eine erschütterte Seele ...

... und einen bald verstummten Dichter ... Pitti Waldheim, auch so ein Verschollener, der mir irgendwann im Leben verlorenging, sagte ich, aber einer, den ich noch nach Jahrzehnten in manch leerem Moment beinahe sehnsuchtsvoll zurückwünsche ... An jenem Abend wurde er von Micha und mir überredet, in der Mitte der Rückbank im Gestus eines Industriellen zu posieren ... vor sich eine Sektflasche auf dem herausziehbaren Mahagonitisch, die beiden Jugendstil-Saloonleuchten im Fond eingeschaltet, die Glatze glanzvoll ins Licht gesetzt,

Micha und ich mit Schofförsmützen ... So rollten wir etliche Male ganz langsam über die Prachtstraße, prominent zurechtgemacht in der Ästhetik dieser Tage, ein jugendliches Spielchen, klar, nur für uns selbst inszeniert. Inwieweit Passanten oder gar aufmerksame Ordnungshüter die Aktion mitbekommen hatten, wussten wir nicht.

Wenig später habe ich Micha geraten, seine angeberischen Risikotouren über den Kudamm oder Jungfernstieg unbedingt zu unterlassen – zu dem Zeitpunkt glaubte der Staat ja noch, die Kifferei in den Griff kriegen zu können.

Also Anfang der Siebziger war das, diese Sache mit dem Bentley und dem Dealer, sagte Herr Neumann – da habe ich die Prüfung für den mittleren kommunalen Verwaltungsdienst gemacht.

Ja, die Berufswahl, ein für so manchen teurer Irrtum, sagte ich, um zur Kröhnke-Story zurückzukommen – seinen gelegentlichen Klagen nach schien Micha mit seiner Tätigkeit nicht völlig zufrieden. Vielleicht störte ihn das Klein-Klein beim Verkauf, bei dem jedes Mal der Puls in die Höhe ging, vielleicht gefiel ihm der Stoff nicht, der mit seinen Blättern und Zweigen stark nach landwirtschaftlichem Produkt aussah, dieses grob gepresste Gras, bäuerlich wie eine Schaufel voll gestochenem Torf. Möglich auch, dass er auf Dauer keine rechten Aufstiegschancen sah ... die bei der Beschaffung wie der Weitergabe ständig drohenden Gefahren waren für ihn jedenfalls nie ein Thema ... Die Nacht hat zu viele Augen, sagte er und machte seine Geschäfte am liebsten morgens um sieben in vollen U-Bahn-Stationen oder auf halbleeren Firmenparkplätzen ... Nach Monaten der Funkstille rief er mich eines Abends aus einer Telefonzelle an und tönte, in Kürze würde sich alles ändern, er sei an einem ganz großen Ding dran, nur noch wenige Tage, dann dürfte die Sache über die Bühne gehen ... Das hörte sich nun schon gar nicht mehr nach einem erweiterten Selbstversorger an, der gerade davor steht, einen netten Frankfurter GI oder Kölner Türken zum gemütlichen Einkauf zu treffen. Mensch Micha, sagte ich noch, pass bloß auf ... bau dir drei Rückspiegel ein – er hat nicht aufgepasst.

Und? Haben sie ihn geschnappt, fragte Herr Neumann.

Jein, sagte ich.

Soweit ich mich erinnere, kam der nächste Anruf aus der Autobahnraststätte Pfungstadt, wo sich laut Micha kaum beschreibbare Dinge zuspitzten ... er sei mitten in einer Verhandlung, er könne nicht zurück, diese Typen wollten ihn fertigmachen ... Dialogzeilen wie in einem Krimi, für seine Verhältnisse schien er ziemlich aufgeregt, ehe der Kontakt abbrach, gefolgt von Michas tagelanger Unerreichbarkeit ... Einige Wochen danach kreuzte er überraschend wieder bei mir auf und erzählte eine Räuberpistole ersten Ranges, in der die Chuzpe dieses Burschen im Zusammenspiel mit seinen Gegnern zu einem weit über Hessen hinausreichenden kriminaltechnischen Clou führte. Über Bekannte war er im Frankfurter Milieu an zwei Kunden geraten, für die er eine beträchtliche Menge LSD-Trips besorgen sollte – eine Million Stück für eine Million Mark, ein realistischer Großhandelspreis und, wie Micha meinte, bei seinen Kontakten zu diversen LSD Küchen durchaus machbar.. Nach langem Hin und Her hatten sie sich für einen von den beiden Käufern vorgeschlagenen Übergabeort entschieden, die Autobahnraststätte Pfungstadt ... morgens um zehn, der harmloseste Ort, der sich für solche Deals nur vorstellen ließ. Sie hätten in einer Nische am Ende des Gastraums gesessen, zwischen den beiden Männern ein in diesen Kreisen wegen seines Fassungsvermögens gern benutzter Samsonite-Aktenkoffer, während in Michas mitgebrachter Sporttasche ein prall gefüllter Klarsichtbeutel lag, darin ein Viertel der Bestellmenge, der Rest im Auto. Die Käufer verlangten, dass er den Beutel öffnen und ein paar der winzigen Pillen über die Tischplatte rollen sollte – eine rätselhafte Forderung, die das alle drei anspannende, in jedem Blick enthaltene Misstrauen noch steigerte, ohne den kurz besprochenen Ablauf aufhalten zu können.

... danach ging laut Michas Erzählung alles wahnsinnig schnell, wie in einer Filmszene ...

... so wie die in den Krimis, die wir hier jeden Abend im TV sehen müssen, unterbrach mich Herr Neumann ...

... leider ankucken müssen, und das ohne

die inneren Bewegungen eines Akteurs zu sehen, der den ihm blitzschnell übergestreiften Armreifen kalt auf der Haut spürt und das leise metallische Klicken der Handschellen hört, ein in die Knochen fahrendes, geradezu metaphysisches Geräusch, das einen, wie Micha erklärte, für Augenblicke in einen erstarrten Hohlkörper verwandele und als hoffnungslosen Fall im All verschwinden lasse, erledigt und expediert von dem daneben sitzenden, sich langsam aufblasenden Hünen - wobei die vorgezeigte Polizei-Marke und der Spruch »Michael Kröhnke, Sie sind verhaftet wegen Vergehens gegen das BtMG« in ihrer Profanität nichts mehr bedeuteten ... Mehrere aus der Küche gekommene Uniformierte umstellten den Tisch und verlangten die Schlüssel des Bentleys.

Eine Falle also, stellte Herr Neumann fest - der arme Kerl wurde reingelegt, in Pfungstadt.

Im richtigen Leben gibt's manchmal falsche Kunden, sagte ich, das bringt Ärger, erst recht, wenn einer von blinder Gier beherrscht ist ... der arme Kerl hatte keinen Gedanken daran verschwendet, was für Leute eine Million Trips brauchen könnten, welcher utopische Verein, welche unbekannte Organisation das Land damit auf einen Schlag verändern wollte, in sein Gegenteil ... eine ganze Generation umdrehen ...

... der russische Geheimdienst vielleicht, der NKWD, die Stasi ...

Linke Typen war‘n es schon, diese nach Beförderung gierenden, verdeckten Ermittler – dabei hat LSD auch seine guten Seiten ...

Und was passierte mit dem Dealer, wie viele Jahre haben sie ihm denn aufgebrummt?

Null, nichts, gar nichts.

Was denn – kein Knast für diesen Millionendeal?

Ziemlich schnell mussten alle Beteiligten einsehen, dass es sich hier um ein millionenschweres Missverständnis handelte. Wie Micha weiter erzählte, hätten sich die zunächst triumphierenden Mienen der Frankfurter Beamten sofort wieder verfinstert, weil er, nach einigen Schrecksekunden, mit der freien Hand die Streukügelchen auf der Tischplatte nochmals angestupst und in ein nicht ganz zur angelaufenen Verhaftungszeremonie passendes, immer breiter werdendes Grinsen verfallen sei. Seit wann, so hatte er mit lauterer Stimme als zuvor gesagt, seit wann eigentlich ist der Handel mit diesen niedlichen, appetitzügelnden Gesundheitspillen verboten? ... ein Produkt der bekannten Marke »Schlank Schlank Essbremse« - und wenn Sie, bitte schön, ein, zwei Stück schlucken möchten, dürften Sie heute keinen Bissen mehr runterkriegen ... Mit diesem Bekenntnis wäre der Überraschungseffekt ganz auf seiner Seite gewesen - ein zu vertracktes Tatmuster, das die beiden Ermittler ungläubig und ratlos auf die weißen Kügelchen starren ließ. Danach zerrte ihn der Hüne wenig zimperlich an den Handschellen aus der Raststätte, zwei Tage später war der Micha wieder frei.

Unglaublich, alle Achtung, unterbrach mich Herr Neumann, ein Doppel-Bingo, die Ermittler ausgetrickst ...

... zu deren großer Schmach, klar - natürlich warnte ich ihn: Wegen dieser Sache, mein Lieber, werden sie dich bis ans Ende der Welt jagen ... Aber zunächst beruhigte sich die Lage, Micha fand zu den vermeintlich sicheren Formen seines Geschäfts zurück, vertraute der Kundschaft wieder ... Doch wie er mir erst sehr viel später erzählen konnte, wäre einige Monate nach dem Pfungstadt-Vorfall im Büro einer Karlsruher Disko zu seiner Überraschung derselbe Handschellen-Hüne im unpassendsten Moment hinter einem Vorhang vorgetreten, und leider hätten an diesem Abend zehn echte Kilo blank auf dem Tisch gelegen ...

Das war's dann, sechs Jahre.

Also hat er doch nicht aufgepasst, sagte Herr Neumann.

Zu jung, mangelnde Routine, sagte ich – die Erfahrung fehlte. Gegen Ende der Haft traf ich ihn zufällig in einem Billiardclub, er machte eine Floristenlehre, als Freigänger auf dem richtigen Weg ... der erfolgreiche, gute Kriminelle muss stets dagegen ankämpfen, als einer zu gelten, er braucht eine zweite Existenz, die aussieht wie die einzige ... ein Blumengeschäft eben, oder ein Restaurant, einen Laden namens »Stoffwechsel«, in dem eine dicke Staubschicht auf den hingehängten, aber nie anprobierten Kleidern liegt und sich gelegentlich auftauchende Kunden für die heiße Ware im Hinterzimmer interessieren ... Fotografieren ginge auch, aber professionell und so avanciert, dass die Fotos dem kunstkritischen Blick der Leute im R-Dezernat standhalten und eines Tages vielleicht sogar den Wechsel in einen neuen Hauptberuf ermöglichen ...

... Modedesigner ginge auch, sagte Herr Neumann.

Ja, Modedesigner, kann schon sein ... ein Traum, warum nicht ... in den Jahren nach dem Mauerfall hat Micha tatsächlich erzählt, dass er jetzt für die großen italienischen Modeschöpfer arbeiten würde ...

... na also, kreativ geworden, ein Happy End für ihn ...

... ja, ziemlich kreativ ... er besorgte Häuser für die Italiener, Herrenhäuser im alten Osten ... Hörte sich halbwegs seriös an, könnte aber auch eine Umschreibung für etwas anderes in der Richtung gewesen sein. Je älter er wurde, desto schwerer fiel es, seine wirkliche Beschäftigung hinter den parallel laufenden, verwirrenden Camouflagen zu erkennen ...

... schöne Häuser im Osten kosteten bei der Treuhand unter Umständen viel weniger, als die großen Modeschöpfer in Rom und Mailand sich vorstellen konnten.

Der Micha war kein dummer Junge, sagte ich – aber ein Junge.

Die Teilnahme an Beerdigungen war überhaupt nicht mein Fall, meine letzte lag über vierzig Jahre zurück. Daher hatte ich auch nicht vor, zu der von Michael Kröhnke nach Berlin reinzufahren. Ein hier am Ort bestelltes Fleurop-Gebinde musste genügen, mit der glaubhaften Entschuldigung ... krankheitshalber ... in alter Verbundenheit und großer Trauer ... ein letzter Gruß aus dem Reha-Zentrum Grünheide.

So einfach dürfte es für mich demnächst nicht werden, sagte Herr Neumann – mein älterer Bruder ist schwer krank, die Familie rechnet täglich mit dem Schlimmsten.

An welcher Krankheit leidet er denn?

Alzheimer im Endstadium.

O Gott, eine furchtbare Vorstellung.

Mein fünf Jahre älterer Bruder hat Alzheimer, und mein fünf Jahre jüngerer Bruder hat auch Alzheimer. Familiär gesehen liege ich genau in der Mitte.

Haben Sie denn keine Angst, bei dieser genetischen Nähe, dass ...

... nein, hab ich nicht.

Und warum nicht?

Weil ich jeden Tag kiffe, sagte er.

Ah ja, kiffen, verstehe, sagte ich – und haben Sie auch heute schon ...?

Herr Neumann verneinte. Mein Interesse vorausgesetzt, würde er vorschlagen, zu einer etwas versteckt im Gebüsch stehenden, von anderen Patienten so gut wie nie benutzten Bank am hinteren Ende des Parks zu gehen – für ihn der beste Ort im gesamten Areal. An diesem Platz würde uns garantiert niemand stören ... und bei so klarem Wetter wie heute hätten wir von dort einen traumhaft schönen Blick auf den Sonnenuntergang.

... wieder in dieser Zauberstadt, wieder auf einer unserer charismatischen Nachtwanderungen – unterwegs mit meinem alten Freund Sweti Ab-das-Dingen ... Wieder durchqueren wir den Fußgänger-Tunnel unter dem Fluss, eine uringelb geflieste, kilometerlange Röhre, um am anderen Ufer schiefe Hochhäuser und museale, aus allen Weltmeeren stammende Bojen zu bestaunen. Als wir den Tunnel betreten, beginnt auf der Gegenseite ein noch winziger Mann seinen Weg. Er schiebt sein Fahrrad, dessen schleifende Pedale bei jeder Umdrehung einmal quietschten – ein Schritt für Schritt deutlicher hörbares Geräusch. Unausweichlich bewegen wir uns aufeinander zu, fünf, sechs magisch gedehnte Minuten lang, ehe wir in der Tunnelmitte schweigend aneinander vorübergehen. Danach können wir uns dem Vergnügen hingeben, neben den dicken Bojen, den Rubens-Bojen, auf der Uferwiese zu liegen, zu rauchen und über den Fluss auf die bessere Hälfte der Stadt zu schauen ...

Soul zu dritt

Mit wackligen Knien war ich aus dem Wrack gestiegen und hatte entgeistert auf den Schrotthaufen in der Fahrbahnmitte gestarrt – der eben noch so schöne, souveräne Citroën am Boden zerstört, zerborsten, zertrümmert. Bis zur Bruchlandung hatte es nur wenige Sekunden gedauert – eine bei Tempo 200 urplötzlich vorwärtsschleudernde, schwere Limousine, mein verzweifelt gegensteuerndes Gefuchtel, die blockierten Bremsen, der ungeheure Donner beim Zusammenprall mit dem Vierzigtonner ... und Schluss. Noch benommen, doch unverletzt blieb ich minutenlang wie unbeteiligt am Randstreifen stehen – ohne Dankbarkeit oder Glücksempfindung, ohne Ahnung auch, wie das Leben weitergehen könnte.

Blitzeis, die Straße plötzlich spiegelglatt, nur in dieser leichten Senke, sagte ich später, die Natur, nichts zu machen dagegen.

Dass du da lebend rausgekommen bist, sagte mein Freund Robert.

Er und seine Gina hatten mich vom Unfallort abgeholt. Nur eine Autostunde entfernt, lebten sie nach wie vor im Provinzstädtchen Wolfenbüttel, als letzte unserer Schülerclique der frühen Sechziger. Schon mit Sechzehn waren sie ein unzertrennliches Paar, der dürre Robert und die rundum begehrte Gina, ein Traummädchen mit einem in unserer Schule nur einmal in dieser Form vorkommenden Atombusen. Die zwei entdeckten damals als Erste die beglückende Verbindung von Alkohol und Musik und begannen auch als erste zu vögeln, sogar halb öffentlich auf den hinteren Bussitzen bei Klassenfahrten, nur mit einem alten Parker bedeckt. Und im letzten Frühjahr, mit Anfang zwanzig, hatten sie wiederum als Erste aus der Clique geheiratet und ein Einfamilienhaus bezogen. Dort saß ich seit meiner Ankunft apathisch bis leblos im Wohnzimmersessel – alles vorbei, dachte ich, alles aus. Was?

Du stehst unter Schock, sagte Robert, das ist normal nach so 'nem Crash.

Abends versuchten die zwei, meine düstere Stimmung aufzulockern, kochten was Feines, machten ein Pfeifchen fertig, erzählten alte Geschichten. Robert legte Musik auf, nur Soul, und nur Otis Redding, in memoriam und voller Lautstärke. Flächige, weite Bläserklänge schwarzer Musik aus Amerika füllten das Wohnzimmer des Wolfenbüttler Hauses.

... I've got dreams to remember ...

Robert schloss bald die Augen, schien anfangs in die Musik versenkt und dann binnen weniger Minuten eingeschlafen zu sein. Zuvor hatte er geklagt, dass er jeden Morgen um sechs Uhr aufstehen müsste: Mein junges Angestelltenelend im Getreidegroßhandel! Den Kopf auf die Rücklehne des Sofas gelegt, den Mund halb geöffnet, der Atem regelmäßig – kein Zweifel, angetörnt war er weggepennt. Schon müde vom Leben im Einfamilienhaus? Vielleicht nur ein verträumtes Haschisch-Nickerchen? Oder war's bereits der reguläre Frühaufsteherschlaf? Gina lächelte verlegen. Ich saß soulüberströmt im Sessel, sie neben mir in der einen, ihr Mann in der anderen Sofaecke. Vertraut mit seinen Gewohnheiten, drehte sie die Redding-Platte behutsam um ...

... I've been loving you too long

Als sie sich wieder hinsetzte, berührten sich

unsere Knie und blieben länger aneinandergedrückt - ein überraschend heftiger Wink der Gefühle, ein plötzliches Verlangen, das spürbar mehr war als ein Kniefick, wie wir die schüchtern stochernden Annäherungen in den vergangenen Pubertätsjahren noch nannten. Millimeter nur zu überwinden, bis einer von uns sich an den anderen presste, beide die erregenden Zeichen der Erwiderung spürten und der Soul uns langsam ineinanderschob. Gina ließ sich vorsichtig ins Polster hinuntersacken, die Hände fanden sich, bekamen Spielraum, konnten Unterarme und Oberschenkel streicheln und mehr. Das ging gut, solange die Musik lief ...

... I love you more than words can say ...

Die Redding-Platte wurde wieder und wieder umgedreht, auch aus Sorge, dass der auf diesen Sound eingestellte Robert durch eine ihn vielleicht störende Stille aus seinen Träumen gerissen werden und aufwachen könnte. So verlängerte sich die Phase der Zärtlichkeiten, von der wir beide nicht wussten, warum es sie gab, warum gerade jetzt in dieser familiären Situation. Im Oberkörper beweglich, blieb Gina steif und fest auf ihrem Po sitzen, so dass nicht die kleinste, von ihr ausgehende Erschütterungswelle durchs Innere der Couch laufen konnte. Küsste ich sie unterm linken Ohr, musste sie mit dem rechten Auge in Roberts Ecke schielen, bohrte sie ihren Kopf in mein rechtes Schulterblatt, durfte meine, den Raum erfassende Blickkontrolle keinen Moment nachlassen ... jede Bewegung, jede Geste brachte Gefahr. Als Robert mehrmals Speichel herunterschluckte, jagte uns sein knurrendes Geräusper blitzschnell zurück in die neutrale Anfangshaltung, bis wir mit der sich wieder verstetigenden Regelmäßigkeit seiner Atemzüge erneut ineinandersinken konnten – dem Größenwahn des Augenblicks hingegeben, im illusorischen Schutz der Musik ...

... these arms of mine ...

... die Gesichter betastet, zungenlose Küsse da- und dorthin getupft, Atombusen und Hühnerbrust mit Inbrunst gestreichelt ... bald waren die schockierenden Bilder eines platt auf der Straße liegenden Autowracks verblasst ... die Erinnerungen an den Unfall von neuen, schärfer gestellten Eindrücken überlagert

... Try a little Tenderness ...

Wieder hielten wir uns umschlungen wie ein innig verliebtes Paar, das nur drei Augen schließen durfte und jederzeit bereit sein musste, die Umarmung zu lösen – schon der Ansatz eines leicht schnarrenden Röchelns aus der Sofaecke versetzte es in Angst. Und als Otis Redding schließlich mit trotziger Sehnsuchtsstimme in Tote weckender Lautstärke zu schreien begann ...

... I love you ... I love you ... I love you ...
I love you ... I love you ...

... schreckten wir hoch und schauten mit verzerrten Mienen rüber zu Robert ...

... I love you ... I love you ... I love you ...

... der tatsächlich ruckte und schluckte, so dass ich eiligst ein Kissen auf meinen Schoß legen musste, während Gina ihren Wuschelkopf und den Pulli zurechtzupfte.

Wenn wir dann brav auf unseren Plätzen saßen, stand die Peinlichkeit des doppelten Betruges erst recht wie ein wiederauferstandener Robert zwischen uns ... Der Drang, auf dem natürlichen Weg weiter voranzugehen, legte sich gegen Ende des Liedes – zu vieles sprach im Augenblick dagegen.

... You were tied and you wanted to be free ... Warum waren wir beide eigentlich so in Wallung geraten? Erst später wurde mir klar, dass sich meine, seit unserer gemeinsamen Schulzeit insgeheim gesammelte Bewunderung hier einmal geballt ausgedrückt hatte, während Gina womöglich unbewusst dagegen aufbegehrte, all ihre kommenden Jahre unwiderruflich als Ehefrau in der niedersächsischen Provinz verbringen zu müssen ... Doch genau dort hatte sie es an diesem Abend geschafft, mich Niedergeschlagenen wieder ins Leben hineinzuziehen – gut, vielleicht ein bisschen zu weit ins Leben hinein ... so wie die Musik selbst, die uns damals ins Schleudern brachte und an den Rand des Abgrunds zog.

... to stop now ...

Wir wollen doch stark hoffen, dass dir so etwas so bald nicht wieder passiert, sagte Robert zum Abschied und gab mir einen überraschend kräftigen Klaps auf den Rücken, so dass ich bei den paar Schritten auf dem Weg zum Auto ins Straucheln kam. Die Kollegen aus meiner Hamburger Firma holten mich ab. Flez dich hinten rein, sagte einer ganz besorgt – entspann' dich und denk einfach an nichts.

... Abends dominierten in unserem Wohnzimmer zwei Duftmarken – eine hing über Susannes Tee-Deo-Bereich an der Balkontür, die andere als Cannabis-Wolke über meiner Schreibtischecke. Mir war klar, dass Marihuana die Realität eines frisch zusammenlebenden Paares heftig verwirbeln dürfte. Das Gras konnte Teile der Existenz über die Klinge springen lassen und sie einem als Puzzle wieder hinwerfen – komisch verzerrt, wüst verschnitten oder insgesamt erledigt. Mitunter passte nichts mehr zusammen, vor allem aber passte Susanne nicht, was da in meiner Pfeife brannte. Sie wurde zur Heimpolitesse, die mich aus ihren intoleranten, nur einen Schlitz geöffneten Augen observierte und auf die Wirkung wartete. Um sich zu beklagen, rief sie ihre Mutter an. Pass auf, sagte sie, gleich lacht er wieder, völlig idiotisch und ohne jeden Grund ...

Katzen und Kiffen

Die kleine, rotbraune Backsteinvilla mit den weißen Holzbalkons und dem gepflegten Grün drum herum hat längst einen neuen Besitzer – nichts erinnert mehr an die frühere Bewohnerin, an die, wie die Nachbarn damals sagten, verrückte Judith, die einstige Katzenmutter des feinen Viertels am Klosterstern. In den Jahren, in denen alles gut lief, führte sie hier ein für Mensch und Tier jederzeit ungewöhnlich offenes Haus. Auf einer Studentenparty hatte uns jemand miteinander bekannt gemacht. Judith, Judith Hensel, etwas älter als wir anderen Gäste, beeindruckte nicht nur mich – eine großgewachsene Frau mit slawisch hohen Wangenknochen und tief fallendem, dunklem Haar, ganz in Schwarz in ihrem bis zu den Fersen reichenden, durchaus modischen Wickelrock. An jenem Abend wirkte sie auf manche mysteriös, auf andere unsicher. Vielleicht lag es daran, dass sie keinen der hier kreisenden Joints ausließ und entsprechend ausführlich auch von ihren zu Hause wartenden Miezen erzählte. Schon dabei deutete sich an, was bald zur Gewissheit werden sollte - diese neue Bekannte hatte vor allem zwei Leidenschaften: Katzen und Kiffen.

Noch an diesem Partyabend ermunterte Judith Hensel meine Freundin Isabel und mich, sie in ihrem Haus - auch spontan - einmal zu besuchen. Sie lebte dort kinderlos mit ihrem Ehemann, der ihr, einigen maliziösen Bemerkungen zufolge, nicht mehr allzu viel zu bedeuten schien. Auch ihr langjähriger, wesentlich jüngerer Geliebter hatte ihr schon mal mehr bedeutet, wie die mit ihm zusammen studierende Isabel zu wissen glaubte. Was in Judith Hensels Leben zählte, waren in erster Linie ihre Katzen - bei unserem ersten Besuch zählte ich auf Anhieb sieben, acht, neun Tiere ... Für sie war Judiths geräumige Souterrainwohnung ein idealer Platz - den über eine kurze Treppe erreichbaren, leicht verwilderten Garten hinterm Haus eingeschlossen. Die Belétage und das Obergeschoss waren vermietet, die Einnahme und ein paar Nebengeschäfte des Ehepaares reichten, wie sie erzählte, für den Lebensunterhalt.

Auf den Couches und Sesseln in Ediths großem Wohnzimmer lagerten einige sich offenbar wie zu Hause fühlende Besucher – ihr spezieller Freund Peter, der Haus-Dealer Jörg, der uns auf der Party bekanntgemacht hatte, Barbara, eine junge Frau, die fürs art-magazin arbeitete, Banane, ein Psychologiestudent, dessen Realnamen ich nicht mehr weiß, und Ruth, ein mädchenhaftes Wesen mit dem sogenannten Schlafzimmerblick, in dem sehnsüchtige Männer seinerzeit eine gewisse Bereitschaft zu erkennen glaubten. Diese Anfangs- und Mittzwanziger bildeten eine der in den späten Siebziger Jahren sehr beliebten Ad-hoc-Cliquen, in denen allabendlich ein Joint nach dem anderen herumging. Kein Zweifel, Judiths Wohnzimmer gehörte den Kiffern und den Katzen. Sie hielten es in diesem neo-gemütlichen Beisammensein gut miteinander aus – nachdenklich, palavernd die einen, entspannt flachliegend die anderen, die dennoch jederzeit abrupt aktiv werden konnten. Und den ganzen Abend lang hörten sie gemeinsam Musik vom Plattenteller.

Ununterbrochen wurden die noch sehr ernst genommenen Popsongs rauf- und runtergespielt – und ein windelweiches Lied erwischte mich ganz besonders. Our House, eine Träumerei, klar, von Crosby, Stills, Nash und Young, nur zwei gesungene Zeilen, die tief ins Gemüt drangen, Our house is a very very very fine house, with two cats in the yard ... eine Hippie-Hymne, eine der ganz großen Hippie-Hymnen, einmal gehört und wieder und wieder, und für immer im Innern behalten. Natürlich lief das schöne Stück an jenem ersten Abend mehrmals bei Judith, für jemanden mit Haus und Haustieren wie sie vielleicht eine Verdopplung der Realität – wobei die Platte, wie ihre anderen, an mehreren Stellen unangenehm knisterte, eine Folge der zahllosen übers Vinyl geratschten Katzenkratzer ... Doch bis heute geht mir ein Schauder den Rücken runter, wenn irgendein Nostalgiesender mich mit Our House überfällt – ein Moment der Rührung, ausgelöst durch einen jähen Erinnerungsschub und die tragische Erkenntnis, diesen von den kalifornischen Chorknaben so glaubhaft beschworenen, idyllischen Zustand zu Recht stets für unerreichbar gehalten zu haben. Dass sie in ihrem Lied mit der Zahl zwei auch das Maß der Vernunft bei der Haustierhaltung festsangen, wurde mir erst mit einiger Verzögerung klar.

Isabel und ich sind gerade zusammengezogen, hatte ich Judith an diesem Abend erzählt – wir wohnen nicht weit weg, in'ner kleinen Zweizimmerwohnung.

Passt auf, sagte Judith, dann zeig ich euch mal was.

Sie führte uns in eines ihrer hinteren Zimmer ... Isabel jauchzte sofort los und drückte im nächsten Moment zwei Kätzchen an die Brust, ein grau getigertes und ein schwarzes. Zwei weitere Junge blieben beim Muttertier liegen.

Getötet wird bei mir nicht, sagte Judith ... das kommt überhaupt nicht in Frage.

Ja was dann, sagte ich.

Isabel hatte die Sache bereits im Griff.

Also gut, sagte Judith – die zwei kleinen Süßen nehmt ihr gleich mit in euer neues Zuhause ...

Ein Jahr danach brachte ich die beiden ausgewachsenen, schönen Geschwister in Judiths Katzenhaus zurück.

Isabel war wieder ausgezogen, der Honeymoon vorbei. Übers Jahr hatte sich gezeigt, dass es mit uns beiden nicht weitergehen konnte ... beide noch in den Zwanzigern, zu jung für die Festlegung des Zusammenlebens, zu unruhig zu dieser Zeit, als es im ziemlich plötzlich gekommenen, rebellischen Aufbruch so vieles gab, was sie oder ich tun konnte, alles Mögliche schien auf einmal machbar – eine Zweierbeziehung in einer Zweizimmerwohnung gehörte nicht dazu. Anfangs fühlte unser Zusammenleben sich noch so leicht an wie das der kleinen Katzen, die die Wände rauf und runter jagten, sogar kopfunter an der Stuckdecke herumflitzten – und nicht abstürzten. Wir tauften sie Susi und Herr Hoffmann, weil der Kater mich an meinen früheren Klassenkameraden Ralph Hoffmann erinnerte. Nur die Fotos blieben. Ein Menschenpaar lag eng beieinander im Bett, ein Katzenpaar tollte herum oder auch umgekehrt ... doch die Vorstellung, eine Kleinfamilie zu werden, hielt uns nur ein gutes Jahr zusammen. Nein, Our House war kein very, very fine house geworden, und genau genommen hatten die kalifornischen Jungs ja auch nicht vom Leben zu zweit mit zwei Katzen in einer kleinen Zweizimmerwohnung geschwärmt. Isabel träumte einen anderen Traum.

Sie wollte die ganze Welt umarmen ... am liebsten im Freien ... Baghwans Poona hieß ihr neues Ziel.

Die Trennung von Isabel machte mir schwer zu schaffen. Zum ersten Mal hatte ich den Blues, wie's damals hieß, den Schmerz des Verlassenen, den Jammer. Selbst Susi und Herr Hoffmann erkannten mich wenige Wochen nach ihrer Rückgabe nicht mehr, wenn ich in Judiths Haus zu Besuch kam – die zwei hatten unsere gemeinsam verbrachte Zeit glatt vergessen, diese schöne, bewegte Zeit, die mich nun verzweifelt hadernd zurückließ. Keine Frage, ich brauchte Trost und reihte mich immer öfter in die Wohnzimmer-Runde ein, um mich abzulenken und wieder zu stabilisieren ... with a little help from ... ja, mit Judith Hensels Hilfe. Sie hatte ein Händchen für liebeskranke Kater – Musikhören und ein bisschen quatschen, Kiffen und Katzenkucken wurde für eine Weile auch zu meinem Programm, zum mentalen Erholungs-Programm. Denn was könnte besser vom eigenen Kummer ablenken als sechs, sieben Bekiffte und eine Horde psychedelischer Katzen? Mittlerweile waren sie mehr geworden, mindestens zwei Dutzend Tiere bevölkerten das Haus.

Unter diesen Katzen muss es ein gattungseigenes Kommunikationssystem gegeben haben, eine Art Geheimcode für lebenswichtige Informationen. Denn auch fremde Tiere fanden her, punktgenau hinein in Judiths Katzenheim. Etliche kamen aus dem Viertel, andere auch aus ferneren Ecken, und wussten, dass sie hier fressen und eventuell noch ein Schläfchen halten durften. Gemeinsam mit den hauseigenen Tieren okkupierten diese Gäste zunehmend Haus und Garten. Wohin der Blick auch fiel, er fiel auf eine der überall lagernden Katzen, zusammengerollt auf Fensterbänken, Schränken, Lampenschirmen und Sesseln. Hatten es die Neuankömmlinge erst einmal geschafft, einen Namen zu bekommen, gehörten sie zur Truppe, zum abendlichen Kreis der Katzen und Kiffer – man kannte sich, klar.

Die sind doch von Natur aus stoned, hatte Judith behauptet, die Minnie, die Mimmi, die Minette und all die anderen.
Ich weiß nicht, ob man das so sagen kann, sagte ich.

Man kann, lautete der allgemeine Tenor, wenn wieder einmal über das Wesen dieser Tiere diskutiert wurde.

Kuck doch, wie selig dein Kater Hoffmann da liegt, stellte die Hausherrin dann fest - der sehnt sich nicht zurück in die Zeit mit Isabel, der Glückliche ...

Er träumt gerade was Schönes, sagte jemand aus der Runde, er zuckt ganz leicht, der erinnert sich an eine verrückte Geschichte ...

Ich weiß nicht, ob man das so sagen kann, sagte ich.

Aber sie sind uns so nahe, glaubte Judith zu wissen - vertrieben aus ihrem früheren Leben ... und so unbedeutend wie auch ich und so verloren ... wie ein Sandkorn im All ...

... wie eine Handvoll Katzenstreu im Wind ...

Irgendwer fuhr Judith stets dazwischen, wenn sie die Geduld der anderen mit ihrer Katzenphilosophie strapazierte. Die Eigenarten der Neuzugelaufenen, der Gesundheitszustand der Sorgenkinder, die sehr wechselhafte Stimmung in der Herde wurden ausführlichst kommentiert, jede Menge Theorien herangezogen, falsche Analogien und Mensch-Tier-Vergleiche bemüht, das Übliche eben. Natürlich waren Katzen anders als die doofen Hunde, natürlich waren sie rätselhafter, eigenwilliger, empfindsamer auch - Led Zeppelin mochten sie gar nicht, beim ersten Akkord von Whole Lotta Love schossen sie durch sämtliche Katzenklappen raus ins Freie, bei Leonard Cohen kamen sie wieder zurück und begannen nach und nach ihr stretching. Den Rücken durchgedrückt und den Körper ganz lang gemacht, eine olympiareife Turnübung, bei der es kräftig ranging ans Gerät und weitere Fäden aus den bereits schütteren Stoffbezügen der Sessel herausgezogen wurden ... längst zerfetzt auch die kitschigen Blumenmuster der Jugendstil-Couch. Judith schaute ihren zerstörerischen Lieblingen ruhig und nachdenklich zu - ja sorry, den Krallen-Kratztest brauchten die Tiere nun mal alle paar Stunden. Für eine radikalliberale Katzenmutter kein Anlass zur Klage oder gar Züchtigung. Wenn nur einem Tier Unrecht durch den Menschen geschieht, erklärte sie öfter, dann ist diese Welt nichts wert ...

Aber was denken, was fühlen, was wollen sie wirklich, hatte einer aus der Runde gefragt.

Gar nichts, hatte ich geantwortet - sie wollen fressen, gut schlafen und ein bisschen im Garten spazieren.

Aber sie lehnen Billigfutter und zugewiesene Schlafplätze ab - das allein zeugt doch von ihrem unentdeckten Genius ...

Vielleicht warten sie auf ein besonderes Zeichen, ein Zeichen zum Aufbruch in neue Wirklichkeiten ...

... Oder sie warten auf die Portion Schabefleisch, die sie jedes Wochenende serviert bekommen.

Sie wissen gar nicht, was warten ist, sagte ich.

Als die Zahl der im Haus lebenden Tiere auf über dreißig angestiegen war, kam Judiths Mann mit dem Kraulen nicht mehr nach und verlor den Glauben an die Zukunft ihrer Ehe. Sie hatte gar nicht mitgekriegt, dass er sich schon seit längerem nachts aus dem von fünf, sechs ihrer Lieblinge belegten Schlafzimmer wegstahl ... in das rund um die Uhr offene Schachcafé am Weidenstieg, einem Verwahrort für irritierte und aus ehelicher Knechtschaft fliehende Männer. Erstaunlich nur, wie schnell sich seine Spur nach dem Auszug in der großen Stadt verlor. Ganz ähnlich derjenigen ihres jungen Geliebten Peter, der sich in eine gleichaltrige Kommilitonin verkuckt hatte und ebenfalls verschwand ... Soweit ich mich erinnere, nahm Judith auch das relativ gelassen hin. Mir bleiben immer noch meine Katzen, sagte sie nur, und die sind reell.

Banane sah das anders: Sie lässt die Männer gehen und schenkt den Tierchen all ihre Aufmerksamkeit – ein klarer Fall von Triebverschiebung ...

Womöglich genervt von der sich weiter vergrößernden Katzenschar, zogen bald auch die Mieter der Obergeschosse aus – auf die Schnelle neue zu finden, war für Judith unter den Umständen nicht einfach. Sie klagte bereits über die logischerweise immer höheren Tierarztrechnungen, die teuren Medikamente und

Drogen, die Bestattungskosten, wenn wieder mal ein, wie sie sagte, verbrecherischer Autofahrer einen ihrer Schützlinge von der Straße gefiedelt hatte. Die Finanzen, das Haus, die Scheidung – klar, dass es für sie langsam eng wurde. Um sie zu stärken, schenkte ich ihr das Tagebuch von Paul Léautaud, einem französischen Schriftsteller, in dessen Prosa die Menschen, insbesondere die ihm bekannten schreibenden Menschen, sehr schlecht wegkamen, die Tiere dagegen gut. Für ihr Futter verzichtete er auf alles und verhungerte fast in seinem kleinen Pariser Haus, in dem er allein mit 56 Katzen und elf Hunden lebte. Judith war schwer begeistert. Aber so weit sollte sie es keinesfalls kommen lassen, riet ich ihr, bei aller Liebe ...

Wie weit es dann schließlich gekommen ist, erfuhr ich aus der Zeitung. Ich hatte, zugegebenermaßen, das Interesse an der Clique verloren und war schon seit längerer Zeit nicht mehr dort hingegangen. Die Gespräche rotierten im Nirwana, die Themen wiederholten sich, und ich musste Susi und Herrn Hoffmann nicht noch länger beobachten, um zu wissen, dass

Isabel niemals wieder zurückkehren würde. Dennoch haute es mich fast vom Toilettensitz, als ich eines Abends in der nach einem Kneipenbesuch gekauften Nachtausgabe der »Morgenpost« in Großbuchstaben lesen musste: »Katzenmutters Haus zwangsgeräumt – 48 Katzen im Tierheim!« Oh nein, die Ärmsten, dachte ich, auch dann noch, als im weiteren Verlauf der Story über dort gefundene größere Mengen Haschisch berichtet wurde. Ein unschönes Ende der Geschichte, Judiths Scheitern ging mir nahe – müßig zu fragen, welche ihrer beiden Leidenschaften sie am Ende ruiniert hatte ... Nach einigem Hin und Her war sie aufs Land gezogen und lebte im pommerschen Dorf ihrer Kindheit auf dem Bauernhof ihrer Mutter.

Lange Jahre später trafen wir uns zufällig in einer Einkaufspassage in der City. Sie war mittlerweile in ihren Sechzigern, eine gutaussehende, selbstsicher wirkende Frau. Wir machten uns ein paar floskelhafte Komplimente, ehe ich fragte: Und wie bekommt dir das Landleben in Meck-Pomm ... was treibst du denn da, was machst du so ...

Na ja, sagte Judith, ich hatte da und dort viel Zeit nachzudenken, bis eines Tages bei einem schönen Tütchen die richtige Idee kam.

Sie hatte eine Firma gegründet, die seit Jahren bestens lief. In der umgebauten Scheune ihres Bauernhofs arbeiteten fünf Angestellte für sie. Es war ein Versandhandel mit eigener Herstellung.

Und was stellt ihr her?

Kratzbäume, Katzenkratzbäume, diverse Modelle, vom fünfstöckigen Pleasure-Dome bis zum einfachen Bauhaus-Kratzbaum – ein schönes Geschäft.

Ist ja toll, sagte ich, dann hast du ja nicht umsonst so lange zugeschaut, wie die kleinen Biester deine Möbel zerfetzten.

Du weißt doch, dass ich immer ’ne Menge für sie übrig hatte.

Und wie viele hast du jetzt?

Ich habe sie noch nie gezählt.

Die gute, alte, clevere Judith ... fragt mich, ob ich vielleicht einen Kratzbaum bräuchte ... Wir lachten beide und gingen ins nächste Café. Es gab einiges zu erzählen.

... jeden Morgen gegen acht kam Bernward, mein Vermieter, mit einem Frühstücksjoint rüber zu mir - Ganja in Negril, Jamaika, starker Tobak. Die Einheimischen rauchten es, um die Feldarbeit in der Karibik-Sonne zu überstehen, Besucher wie ich blieben nach ein paar Zügen im Schatten auf der Bank vorm Haus sitzen, um in schwer erklärbare Dämmerzustände zu versacken. Wenn Bernward am Abend den Abendjoint und gebratenes Obst vorbeibrachte, hockte ich noch immer unter derselben Gedankenglocke, die die erste, die dritte und meine Welt umfasste, ein schier endloser Limbus. Eines Morgens sagte sein Söhnchen, ein fünfjähriges Goldkind, zu mir: Du sitzt den ganzen Tag nur hier herum und machst rein gar nichts - you're right, sagte ich. Von da an verzichtete ich aufs Ganja-Frühstück und widmete mich all dem, was sich im Dorf, im Dschungel und am Meer tat ...

Hoch oben in der Luft

1

In der Zeit vor Eröffnung des Hauptverfahrens gegen mich geriet mir ein künstlerisch aufgemachtes Magazin in die Hände, in dem der Aufsatz eines mir bis dahin unbekannten französischen Philosophen für eine gewisse Aufhellung meiner Situation sorgte. Auf nur anderthalb Seiten äußerte der Mann namens Gilles Deleuze seine Gedanken zur Frage der Drogen und kritisierte alle vorgefassten positiven oder auch negativen Sichtweisen. Besonders seine Schlussfolgerung schien geradezu auf mich gemünzt: »Und so lässt es sich sagen«, schrieb er, »dass in jedem Fall die Droge das Problem der Wahrnehmung verändert hat – sogar für diejenigen, die keine Drogen nehmen.« Ganz allgemein betrachtet spricht vieles für die Richtigkeit dieser Erkenntnis. Aber auch persönlich leuchtete mir die Argumentation sofort ein. Ich selbst, zum Beispiel, habe niemals Drogen genommen, und doch hat sich seit dem Moment ihres Auftauchens meine Wahrnehmung in vielerlei Hinsicht verändert. Und nicht bloß meine Wahrnehmung, sondern mein Leben überhaupt.

Dennoch würde ich die Gründe für mein Verhalten keinesfalls irgendwo anders suchen als bei mir selbst. Niemandem sonst ließen sich die Konsequenzen meiner jetzt eher betrüblichen Situation zuschreiben. Immerhin lässt sie mir genug Zeit, in immer neuen Anläufen über diese komplizierte Angelegenheit nachzudenken ...

Die Geschichte begann an dem Abend, an dem meine Frau mich mit Mike bekannt machte, dem Sohn einer Angestellten der von ihr geleiteten Pension. Selbst wenn Ulla mich mit der Wahl ihrer Bekannten nur selten überzeugen konnte, habe ich mich so gut wie nie ihrer Praxis widersetzt, ein für Freunde und Gäste offenes Haus zu führen. Nach außen hin setzte ich auch an jenem Abend das Schachspiel mit meinem Landsmann Jan zügig fort, obwohl mir augenblicklich bewusst war, dass Mikes Anwesenheit mich vor eine neue Probe meiner Geduld stellen würde. Als wenig später noch sein mir ebenfalls unbekannter Freund Werner in unserem Wohnzimmer erschien, gerieten die zwei und die ständig hell auflachende Ulla bald so sehr in Stimmung, dass ich in rascher Folge drei Partien gegen Jan abgeben musste – einen Gegner, den ich normalerweise beherrschte, wie ich wollte. Wir saßen wie gewohnt in der Schachecke des angrenzenden Wintergartens, und natürlich ließ Jan die eine oder andere Anspielung fallen – im Raum aufsteigender Haschischduft löste bei ihm stets eine leichte Bösartigkeit aus. Man sollte im eigenen Haus bestimmte Sachen verbieten können, sagte er zu mir auf Schwedisch, obwohl er wusste, dass ich meiner Frau nichts, aber auch gar nichts abschlagen konnte. Die tatsächliche Bedeutung jener Szene ging ohnehin über seinen Horizont. Er war nur ein Nachbar, ein eher dröger Landsmann vom Typ jener Skandinavier, für die mit dem lebenslustigen deutschen Chaos schon seit jeher das brodelnde Südeuropa begann. Jans Abwehr dagegen war und ist vermutlich weiterhin schlichte Ignoranz, eine

Haltung, die mit dem Grund für seinen Aufenthalt in Deutschland zu tun haben könnte. Während ich ausschließlich wegen der Versprechungen der Liebe hierher kam, kam er ausschließlich wegen der Vergünstigungen der Steuer.

2

Wie verschieden doch die Bedürfnisse selbst bei eng miteinander verbundenen Menschen sein können! Zeit meines Lebens hat mich diese Tatsache erstaunt. Ich habe nichts gegen Gesellschaft, aber das, was meine Frau nun in Gang brachte, leitete eine neue Phase von Geselligkeitswahn ein. Was fand sie bloß an diesen Leuten? Sie begann, die junge Brut im Wintergarten regelrecht aufzupäppeln. Nahezu allabendlich räkelten sich Mike, Werner und andere Jungs jetzt auf den Polstern, verqualmten die Luft und steckten ihre Musikdinger in unsere Anlage ... Was war dagegen schon zu tun? Ich musste davon ausgehen, dass Ulla deren Vorstellungen wahrscheinlich teilte. Nach fast siebenjähriger Ehe waren bestimmte Neigungen des Partners offenkundig. Eine davon grundsätzlich abweichende Haltung ergab sich für mich allein schon von Berufs wegen. Ich bin Seemann, Offizier der Handelsmarine, und daher ein gewisses Maß an Disziplin und Einsamkeit gewöhnt. Das heißt, ich war Seemann, bis meine Frau mich an Land gezogen hat ... Heute wäre so etwas praktisch unmöglich, weil ein Schiff kaum länger als zehn bis zwölf Stunden im Hafen bleibt. Ulla genügten damals jedenfalls die zehn Tage Liegezeit meines Frachters, um mich an die Vorzüge eines bürgerlichen Lebens glauben zu lassen. Zu meinem Bedauern hatte unser Zusammensein für sie nicht länger die durchgängig tiefe Bedeutung wie zu Anfang der Beziehung. Unter gewissen Aspekten glich meine jetzige Situation wieder der in den entbehrungsreichen Zeiten auf See.

So gesehen waren es ziemlich beklemmende Abende, zumindest aus meinem Blickwinkel. Das Gespräch mit mir suchten Mike und Werner so gut wie nie, und nur ein einziges Mal boten sie mir eine Kostprobe ihrer ständig neu entzündeten Joints an. Nachdem ich ihr Angebot bei dieser Gelegenheit dankend abgelehnt hatte, fassten sie das als grundsätzliche Absage auf. Oder es gefiel ihnen eben, es so aufzufassen. Meine Ablehnung kam selbstverständlich aus Überzeugung. Diese Droge hat mich noch nie gereizt. Auch in dem Punkt unterscheiden sich meine Bedürfnisse leider wesentlich von denen meiner Frau. Soweit ich beobachten konnte, griff sie voller Vorfreude zu, wenn sie an der Reihe war, obgleich ich das Gefühl hatte, ihr ginge es um etwas ganz anderes als die Stoffe, die sie im nächsten Moment in die Lunge bekam. Für einen Außenstehenden waren die durch den Genuss erlangten Wohltaten schwer einzuschätzen, doch ich kann mir nach wie vor nicht vorstellen, dass dieses Zeugs bei uns im Norden jemals wirklich Fuß fassen wird. In Bezug auf Ullas Zuneigung nutzte mir diese Überzeugung allerdings wenig bis nichts.

Die Eigenarten von Mike und seinen Freunden sorgten für eine zusätzliche Belebung des Hauses. Sie kamen, blieben und gingen, wann sie wollten. In unserem recht geräumigen Haus – eine kompakte Gründerzeitvilla mit Büroräumen im Souterrain – blieb mir oft unklar, ob sie zugegen waren oder nicht. Durchaus möglich, dass im Wintergarten nachts um zwei einer mit schmalem Gesicht vor irgendeinem Video vor sich hin dämmerte, oder ich wenig später einen anderen, mich angrienenden Burschen auf dem Weg zur Küche traf … Wäre Ulla nicht im Haus gewesen, hätte ich mich in solchen Momenten an die alten Fahrenszeiten erinnert fühlen können – mit der Einschränkung, dass meine Weisungsbefugnis nun weniger eindeutig geregelt war.

Aber du hast doch nichts gegen die beiden, sagte Ulla und schaute mich mit ihren ungewöhnlich ruhig stehenden Augen prüfend an.

Ja … nein … natürlich nicht, antwortete ich in gespielter Gleichgültigkeit, wie kommst du denn darauf?

Meine Aussichten, hier jemals wieder geordnete Verhältnisse herzustellen, wurden von Tag zu Tag geringer. Eine Art Nebelwand tat sich auf. Das Phänomen Haschisch war mir von meinen früheren Fahrten her nicht völlig unbekannt, obwohl man bei den kurzen Aufenthalten in dessen Ursprungsländern auch wieder nicht allzu viel mitbekam. Bei den

Mannschaften wurde es gelegentlich konsumiert, aber wie gesagt, mein Interesse dafür war nie groß gewesen. Einzig um über Ullas Zustand etwas zu erfahren, las ich mich ein wenig in das Thema ein, sehr verwirrende Sachen … Heute weiß ich, dass es Monate brauchen würde, um das Material nur erst zu ordnen, und weitere Monate, um vielleicht zu einer begründeten eigenen Aussage zu kommen. Gefallen hat mir der deutsche Autor Ernst Jünger, der trotz zustimmender Annäherung zu dem Schluss kommt, dass keine drogengeleitete Acceleration in der Lage sei, die Grundpotenz des Ichs zu steigern – und trüge sie dich zu den Sternen, wie er poetisch noch hinzusetzt. Als ich seine Gedankengänge im Wintergarten vortrug, erntete ich herbste Ablehnung. Die hier versammelte Runde hielt offenbar eher das Gegenteil für richtig. Um mich gegen eventuelle Vorwürfe der Spielverderberei von seiten Ullas abzusichern, hatte ich meinen Vortrag ironisch abgefedert, ohne jedoch eine gewisse Sympathie für Jüngers Überzeugung zu verhehlen.

Aber du kennst die Wirkung doch selbst gar nicht – so der Tenor dessen, was Ulla dazu sagte.

In der Folge beherrschte mich mehr und mehr der Gedanke, dass etwas geschehen müsse, was die Situation hier veränderte. Ohne den Vorgang dramatisieren zu wollen - ich sah mein Haus von diesen Knaben quasi okkupiert. Das Eingeständnis, ihnen gegenüber machtlos zu sein, wurde immer unerträglicher ... Aber der Charakter des Geschehens verbot nun einmal direkte und resolute Aktionen. Wenn Mike und Werner mal ein paar Tage nicht erschienen, behandelte mich Ulla derart unwirsch, als hätte ich die Jungs hinter ihrem Rücken bedroht oder gar fortgejagt. Wenn den beiden das Zeugs ausgegangen war, durften sie ihrerseits abendelang herummaulen, ohne von ihr kritisiert zu werden. Fehlt nur noch, dachte ich damals, dass sie mich losschicken, um irgendwoher Nachschub zu holen. Wirf die Jungs doch einfach raus, meinte Jan, als er abends zum Schachspielen herüberkam. Das musste ausgerechnet dieser Mensch sagen ... Er wohnte in der übernächsten Villa und hatte sich dort so verschanzt, dass erst gar niemand hineinkommen konnte. Wegen seiner teuren Kunstsammlung, klar ... aber auch wegen seiner ständig

Einbrecher fürchtenden Mutter, mit der er und sein Bruder dort lebten. Diese reiche Greisin verstand es, ihre Kinder zusammenzuhalten – was in Jans ansonsten frauenlosem Dasein zugleich die Unterlassung selbst geringfügigster Aktivitäten in amouröser Richtung einschloss, für weibliche Reize schien er immun ... und trotzdem neidete er mir meinen Status als Ehemann manchmal ganz offen. Seine Ratschläge waren naturgemäß unbrauchbar. Sie gingen bis zum Äußersten und bezogen sogar die Möglichkeit einer Scheidung bedenkenlos ein. Meine Wertschätzung für Ulla, sagte ich ihm wiederholt, würde auch wegen ihrer neuesten Geschichten um nichts geringer. Musste ich ihm eigentlich bei jeder Krise klarmachen, wie viel mir diese Frau bedeutete? Wir spielten jeweils einige Partien, in jener Phase verlor meistens ich. Eines Abends erwähnte Jan beiläufig, der von ihm für eine Ausstellung verliehene Chagall sei unbeschadet wieder aus den USA zurück. Seltsamerweise schätzten wir diesen Chagall beide. Wie sehr man doch an einer halben Wahrheit hängen kann.

Die Szenerie im Wintergarten schien mir zu

diesem Zeitpunkt eine des reinen Amüsements. Nach meinem Eindruck konnte niemand dort auch nur im Ansatz die Theorie einer erkennbaren Erweiterung seines Bewusstseins bestätigen. Vielmehr hatte die ständige Kifferei zweifellos eine erotische Komponente ... eine Erkenntnis, die vom damaligen wie heutigen Standpunkt aus nicht ohne Bitterkeit ist. Während Ulla mit Mike irgendwo im Kino saß, fand ich in ihrer Polsterecke einen Auktionskatalog, in dem mehrere Gemälde angekreuzt waren, darunter auch ein Chagall. Unverkennbar ging es dabei um eine Orientierung hinsichtlich der Marktpreise. Als ich die Jungs daraufhin zur Rede stellte, drucksten sie eine Weile herum, bis sie dann geradezu trotzig bekannten, dass sie ganz gern bei Jan etwas herausholen würden. Etwas herausholen bei Jan? – hatte ich irritiert gefragt, ihr spinnt wohl. Offenbar waren sie über seine Verhältnisse, seine Kunstsammlung etcetera genauer informiert. In der gesamten Zeit, die ich ihnen zuschaute, entwickelten sie einzig hierbei schöpferische Energien ... über Stunden und Stunden ... Sie gruben unter den verschiedenen Gärten hindurch

Tunnels bis zu Jans Villa, bauten in ihrer Phantasie dort endende Dachstege oder probten unbestellte Hausbesuche als reparaturwillige, entsprechend verkleidete Handwerker, wie sie es aus zweitklassigen Krimis kannten. Ohne Scheu telefonierte Werner vor uns allen mit einem Elektronikspezialisten und horchte ihn gründlich aus.

An diesem Abend war ich sogar einen Moment lang erleichtert durch die Annahme, dass der eigentliche Grund für Mike und Werners permanenten Aufenthalt bei uns in der wertvollen Kunstsammlung meines Nachbars liegen könnte. Ulla dagegen zeigte sich erfreut über die »Kreativität« der Jungs, wie sie deren ideenreiches, immer wieder von vorn begonnenes Pläneschmieden zusammenfassend nannte. Ohne meine Verärgerung allzu deutlich zu zeigen, sagte ich: Totaler Schwachsinn das Ganze, das ist nichts für euch ... keine Chance bei den dortigen Sicherungsanlagen und den in der Nacht um Jans Haus patrouillierenden Wachleuten. Ungeachtet dieser Mahnungen wuchsen die Jungs und Ulla rasch zu einer Art Planungsgruppe heran und vertieften dabei ihre Beziehungen – sehr zu meinem Verdruss. Was sie in dieser Angelegenheit weiterhin vorhatten, teilten sie mir nicht mehr mit. Stattdessen teilte Ulla mir mit, dass sie unser Schlafzimmer momentan lieber allein benutzen wollte. Ihre sich verändernde Sensibilität würde das unbedingt erfordern. Was sollte ich tun? Im Fokus gleich mehrerer, mir durchaus bewusster Klischees zu stehen, machte meine schmerzliche Enttäuschung keinesfalls erträglicher.

Als Ausweichquartier habe ich bis zuletzt das Turmzimmer im zweiten Stock unseres Hauses bewohnt. Vom privaten Stress jener Tage bot mir die Arbeit in meiner Firma leider nur wenig Ablenkung. Unter dem Markennamen »Klammex« vertrieb ich metallene Klammern, wie sie für den Zusammenhalt von zu flößenden Baumstämmen benötigt werden. Ein mir aus meiner Heimat vermitteltes, etwas träge fließendes Geschäft, das immerhin ohne jeden Zwang zu technischen Verbesserungen auskam ... die Bäume sollten beim Transport im Fluss einfach nur aneinandergeklammert weiterschwimmen.

In diesen Wochen gab es nur wenig Hoffnung darauf, dass sich meine Situation in naher Zukunft wieder verändern lassen würde. Auch weigerte ich mich, genauer hinzusehen, wie die Dinge unten im Hause weiter liefen ... diese Jungs mit ihren kleinen, grünen Stückchen ... diese Gauner mit ihren dummen Streichen ... Den Konkurrenzgedanken lehnte ich selbstverständlich ab, bei einem Altersunterschied von über zwanzig Jahren. Gleichwohl grübelte ich nach einer Lösung, die den früheren Zustand wiederherstellen könnte. Und eines Abends durchfuhr mich die entscheidende Erkenntnis: Ich musste mich Ulla von einer völlig anderen Seite zeigen! Von einer möglichst beeindruckenden, geradezu umwerfenden Seite! Aber sollte ich mich dafür in unberechenbare Gefahren begeben? Brauchte es unbedingt Katastrophen, um einen zu retten?

Allein in seinem Turmzimmer sollte man die Nase nicht ständig ins eigene Unglück stecken. Das Leben ist noch nie schlüssig gewesen, und die Liebe hat unter Umständen ihre Exklusivität verloren. Mein Schlaf auf der schmalen Couch kam nicht gerade wie ein Taxi. Aus dem

Wintergarten fiepte lange die Musik, und in der Außenmauer des Turmzimmers fiepte die Brut, die eine Amselmutter dort hochzog.

3

In eine unserer abendlichen Schachpartien hinein platzte Ulla mit der überraschenden Ankündigung, sie wollte so schnell wie möglich das Fliegen erlernen. Selbst fliegen? Richtig fliegen? Düsenfliegen? Unerschrocken, diese Frau, welch' hochfliegende Idee... Sie hatte sich noch nie lange mit Träumereien aufgehalten. Jawohl, sie wollte umgehend Stunden nehmen, um ihren Flugschein zu machen, und dann up, up and away. Jan schaute mich skeptisch an, als ob ich ausnahmsweise einmal etwas bereits im Keim verhindern sollte. Gewagte Aktivitäten bedachte dieser misanthropische Endfünfziger grundsätzlich mit Argwohn. Die Hexen kommen alle wieder runter, sagte er, wie stets auf Schwedisch, wenn er wollte, dass seine Bosheiten außer mir keiner verstand. Natürlich stand Ulla an diesem Abend wieder mal im

Mittelpunkt. Mit großem Hallo wurden die Prospekte einer Flugschule kommentiert. Im Wintergarten hoben meine Frau und die Jungs probeweise ab und erreichten rasch die Höhen detailverliebter Euphorie, bis sie zur Feier des Tages in die neue Airport-Disko aufbrachen.

Soweit ich mitbekam, äußerten Mike oder Werner auch später nicht die geringsten Bedenken gegenüber Ullas Absicht. Warum sollte eine Frau von Ende dreißig nicht selbst das Steuer in die Hand nehmen und fliegen? Ungewöhnlich wäre das wirklich nicht. So etwa stellte ich mir ihre Meinung vor. Obwohl ich nicht genau wusste, welche Rolle die Jungs bei dieser Idee spielten oder spielen sollten, empfand ich nach einem trivialen Reflex eine minimale Erleichterung. Dass die Flugpläne Ullas meinen Bedürfnissen so oder so eher zuwiderliefen, dürfte aus dem Zusammenhang mehr als einleuchtend sein, war aber kein Anlass, ihr diesen Wunsch abzuschlagen.

Wenn ich mich zurückbesinne, habe ich danach mit Jan noch ein Gespräch über meine Misere geführt. Die blieb ja unverändert bestehen, und je länger sie das tat, desto größer die

Gefahr, dass Ulla bei ihren Vorhaben andere mehr einbeziehen würde als mich. Mir ist nicht mehr erinnerlich, ob ich bereits an diesem Abend meine Entscheidung traf ... vielleicht in einem nur halb bewussten Moment, als Jan von gigantischen Lösungen sprach und sagte, ein Liebesbeweis könnte nicht groß, verrückt und überraschend genug sein. Ausgerechnet in einer Unterhaltung mit einem in Gefühlsfragen besonders inkompetenten Mann fiel also so etwas wie ein Entschluss ... eine zusätzliche Ironie in dieser Geschichte. Aber wann ist bei solchen Problemen schon jemand wirklich zuständig? Jedenfalls kaufte ich anderntags in einem Antiquitätenladen ein Riesenviech von gusseisernem Adler für Ulla und erklärte ihr, ich müsse einige Tage für »Klammex« verreisen. Der nach der Natur skulpturierte Vogel, dem die dreißiger Jahre sichtlich in den Federn hingen, traf wie vorhersehbar ihren Geschmack. Sie gab ihm sofort einen Platz auf einer Konsole in der Eingangshalle, wo er immer noch steht, mit seinen meterweit geöffneten Schwingen den Hereinkommenden zugewandt.

4

Bis zu diesem Zeitpunkt hätte an meiner Gesetzestreue niemand ernsthaft zweifeln können. Der Blick auf mein einwandfreies Vorleben oder die Überprüfung meiner Firmenbücher erlaubte nicht die geringste Skepsis. Und selbst wenn ich damit im Gegensatz zur allgemeinen Auffassung stehen sollte, war auch der Zweck der Reise nach *Karachi* für mein Rechtsempfinden keineswegs eine besondere Belastung. In dem mir von früher her noch vertrauten beruflichen Umfeld besteht bekanntlich seit jeher ein traditioneller Hang zu maßvollem Schmuggel. Durch die exakten Kenntnisse von maritimen Transport- und Transitbestimmungen verlieren die meisten Vorschriften ihre einschränkende Funktion, und für den, der sich mit den Gepflogenheiten auskennt, öffnet sich so manche Lücke. Natürlich bleibt eine illegale Nutzung nicht ganz ohne Risiko ... aber letztendlich wusste ich, warum ich all dies tat. Mir war ein guter Freund aus den alten Zeiten auf See eingefallen, ein in Pakistan hängengebliebener Geschäftsmann, Import Export, ein Mann für alle Gelegenheiten. Wenn du einmal etwas Spezielles brauchst ... hatte er, ein Brite, eines Tages leichthin gesagt, als rechnete er nicht mit so einem Fall. Das Leben in *Karachi,* seine Firma und er selbst schienen über die Jahre kaum verändert. Nur ein Liebesdienst für jemanden, nichts weiter, so erklärte ich ihm meinen, in diesem Land nicht so ungewöhnlichen Kaufwunsch ... Ohne Genaueres wissen zu wollen, hatte er das Zeugs im Handumdrehen besorgt und alles Nötige problemlos arrangiert. Auf den beiden Flügen fühlte ich mich Ulla in Gedanken stark verbunden, und mit Air France via Paris war ich nach fünf Tagen wieder zurück.

Soweit ich mich erinnere, war Werner der Erste, den ich traf. Er verließ gerade das Haus. Mein jäh aufsteigender Zorn wurde gemildert, als ich sein frisches Gipsbein sah. Vom Sport ... sagte er nur, als ahnte er meinen Verdacht, sein Fußbruch könnte Folge eines Absturzes von den Hausdächern in unserer Nachbarschaft sein. Viel mehr hatten wir uns allerdings nicht zu sagen. Mit feierlichem Ernst habe ich Ulla dann in mein Büro gebeten. Als ich den Aktenkoffer öffnete, erkannte sie mit einem Blick, dass darin klarfolienverpackt an die zehn Kilo Haschisch lagen – die Menge eben, die dort reinpasste. Allein ihr erster Ausdruck von Entsetzen und Erstaunen und vielleicht sogar einer Spur von Anerkennung entschädigten mich für die Mühen der vergangenen Tage. Warum denn so viel ... leicht schockiert war sie zurückgewichen, was für eine Überraschung ... oh, mein Gott ... und Momente später auch ... da dank' ich dir aber schön ... so lauteten ihre Worte in der Verwirrung. Dass meine Frau den emotionalen Hintergrund dieser Aktion nicht sofort begriff, verübelte ich ihr keineswegs. Auch für sie gab es mehrere Möglichkeiten, das Motiv für meine Handlung zu deuten.

Nach außen hin gingen wir noch am selben Nachmittag zur gewohnten Tagesordnung über. Das schloss die für mich bedrückende Szenerie im Wintergarten nach wie vor ein ... auch durch einen Kraftakt änderten sich die Dinge nicht so schnell. Ich hielt es für angemessen, die Runde zunächst zu meiden, zumal mir Mike seit meiner Rückkehr öfter unverfroren anbiedernd zuzwinkerte. Na warte, Freundchen, dachte ich, doch schon verhedderte ich mich wieder in der Kompliziertheit meiner Gefühle. Manchmal schaute Ulla jetzt ganz lieb im Turmzimmer nach mir, fürsorglich aus Irritation, wie mir schien. Einige Tage wirkte sie noch verstört, bis sie als tatkräftige Frau die praktische Seite der ganzen Angelegenheit erfasste ... die kiloschweren Klarfolienpackungen wurden langsam weniger. Mich interessierte das Zeugs nach wie vor nicht. Aber die stille Genugtuung, die ich beim Blick in den verrauchten Wintergarten empfand, war mir in der Dürftigkeit dieser Tage ein mehr als willkommener Balsam.

Viel Neues gab es nicht an jenen Abenden, in deren üblichem Verlauf Jan und ich einige Partien spielten. Das heißt, es gab doch etwas: Jan erzählte von seinem soeben unterzeichneten Testament, das die Römisch-Katholische Kirche als Universalerben einsetzte. Was für eine Kollekte, nicht zu glauben – der metaphysische Ausrutscher eines notorischen Steuerhinterziehers, wie ich fand. Warum musstest du auch immer den Chagall anstarren, sagte ich nur.

Diese Verklärung ... ständig diese schwebenden, händchenhaltenden Liebespaare vor Augen ... das konnte bei einem Mann wie ihm nicht gutgehen. Wenn Ulla erführe, dass Jan das Vermögen der Kirche immens vergrößern wollte, würde ich mich nach einem neuen Schachpartner umsehen müssen. Sie selbst klagte häufig über die viel zu hohen Kosten für die Erlangung der Pilotenscheine. Um mir das Problem zu verdeutlichen, nahm sie mich einmal mit hinaus auf den kleinen Privatflugplatz. Sie geriet dort fast außer sich vor Schwärmerei und erläuterte mir in Einzelheiten, was sie bereits alles wusste.

Kurz vor der Rückfahrt zog sie mich an der Hand hinüber zu einem Hangar am Ende des Feldes. Sie zeigte mir ein zweisitziges, rundliches Flugzeug, das aussah wie die in älteren Zeichentrickfilmen. Es war ein gebrauchtes englisches Modell. Kostet nur dreißigtausend, sagte Ulla, *Tipsy Nipper* heißt es, das wacklige Bürschlein.

5

Unmittelbar im Anschluss an meine zweite Rückkehr aus *Karachi* war ich fest untergebracht worden. Während der Verhöre herrschte rundum großes Rätselraten über mein Tatmotiv und vor allem darüber, dass ich bei jeder Befragung in völlig unkontrollierte, lautstarke Warnungen vor den Gefahren und hinterhältigen Tücken dieser verdammten Droge ausbrach. Doch die Leute hier glaubten mir kein einziges Wort. Sie hielten meine Wutanfälle für theatralisch verlogene Rechtfertigungen und machten mir nichts als Ärger.

Doch ich erlebe hier durchaus auch Momente der Zufriedenheit. Wenn am Samstagnachmittag die Flugschüler zu ihrer Stunde starten, schiebe ich meinen Tisch an die Wand und stelle den Stuhl darauf, um so nahe wie möglich an das einzige Fenster im Raum heranzukommen. Auf diese Weise kann ich über die Mauer hinweg die Spaziergänger auf der draußen vorbeiführenden Straße sehen. Es ist ein wohltuend gewöhnlicher Anblick. Und wenn ich durch das schmale, vergitterte Rechteck hinauf zum Himmel schaue, dann weiß ich, dort dreht sie jetzt ihre Kurven, hoch oben in der Luft.

… im Frühling war ich mit einer Geliebten in der Hafenstadt Essaouira verabredet, kam allerdings um vierzehn Tage verspätet dort an. Zu spät, wie ich nach nur wenigen Stunden wusste. Ich lief durch die Stadt und entdeckte sie in einem Café. Die blonde Päivi thronte in einer ihr offenbar vertrauten Runde junger Krankenhaus-Ärzte mit extremen Kurzhaarfrisuren – die Geliebte als nordische, von drahtigen Marokkanern umtanzte Urlaubs-Schönheit. Die gedankenverlorene Art, mit der sie mir später im Hotel abgewandten Blickes übers Haar strich, durchfuhr mich wie ein elektrischer Schlag – ihre verräterisch ungewohnte Geste passte nicht zu meiner verwirbelten Langhaarfrisur. Noch am selben Abend reiste ich ab. Zurück in Berlin, traf ich meinen Freund Buselmeier, der sich von seiner hippiesken Matte getrennt hatte, weil er es leid war, ständig und überall geduzt zu werden …

Letzte Lockerung

Eine Nachbemerkung

Im Sommer des Jahres 1967 kam ein Fernsehreporter ins Düsseldorfer Künstlerlokal Creamcheese und fragte, von Gerüchten aufgeschreckt, ob hier vielleicht Haschisch, Gras oder sonstiges Rauschgift vorhanden wäre. Der diensthabende Barmann, »Big« Martin, zog an seinem lässig in der Hand gehaltenen, dicken Joint, blies den Rauch in Millionen Tagesschau-Gesichter und sagte: Nö, nicht dass ich wüsste ... Durch seinen Fernsehauftritt wurde er für ein paar Jahre zur Altstadtberühmtheit, das legendäre Creamcheese steht heute im Museum, jeder weiß Bescheid. Seit 1967, seit einem halben Jahrhundert, sind Gras, Haschisch oder Shit in Düsseldorf und allen anderen größeren und kleineren Städten der Republik relativ problemlos zu kriegen – und genauso lange wird mit Initiativen, Anträgen und lustigen Demos darum gekämpft, die verbotene Droge Cannabis zu legalisieren.

Auch ohne offene Läden und Mehrwertsteuer lief die Versorgung der seit Mitte, Ende der sechziger Jahre stetig wachsenden Kundschaft bestens – im Hamburger Hafen fiel Pot von den großen Pötten, in Frankfurter Kneipen aus den Taschen der GIs, in Westberliner Straßen aus den 40-Tonnern verschiedener Türken, auch größere Mengen gingen schnell weg, von unsichtbaren Händen eines grauen Marktes verteilt. Lange vor anderen Wirtschaftszweigen war der Haschhandel globalisiert, waren die Ressourcen bekannt: Who is who in Katmandu. Hunderttausende Bauern in Nepal, Marokko, Mexiko und Afghanistan lebten davon, Lieferschwierigkeiten gab's so gut wie nie, über Qualität und Geschmack der Pflanzen wurde natürlich – wie bei Tomaten – ständig diskutiert. Über all die Jahre war die Kundschaft im Großen und Ganzen mit der Marktlage zufrieden. Der Staat war es nicht.

Mit der zunehmenden Verbreitung hatten seine Exekutiven zunehmend etwas gegen das Haschisch. Die Folge diverser Verschärfungen des seit 1929 geltenden Betäubungsmittelgesetzes (BtMG) sind zweischneidig: Heute kifft bereits die dritte Nachkriegsgeneration, und das nicht gerade heimlich. Wie die Vorgänger ignoriert sie, dass der Staat sich in ihre Konsumgewohnheiten einmischt und obendrein den Jugendschutz auf über Dreißig-, Vierzig- und Fünfzigjährige ausdehnt. Immer noch hält der Staat den regelmäßigen Gebrauch und Erwerb mitunter größerer Vorratsrationen für kriminell, obwohl es ein ›opferloses Delikt‹ ist. Dabei haben die auf medizinische und psychische Gefährdungen zielenden Argumente im Falle der Cannabisprodukte weder Gegner noch Befürworter des Verbots nachhaltig überzeugen können. Der Widerstreit der Experten dauert an, gesundheitliche Gründe werden in der Legalisierungfrage zum Dreh- und Angelpunkt. Schmerzpatienten wurde es bereits erlaubt, über Apotheken kleine Mengen zu erwerben oder gar heimgärtnerisch eine begrenzte Zahl von Pflanzen für den Eigenbedarf zu ziehen. Doch wegen erhöhtem Psychoserisiko (die schizophrene Psychose tritt bei einem Prozent der Bevölkerung auf, unter Kiffern sind es 1,2) sowie eventuell drohender Hirnschädigungen soll der Genuss für knapp 99 Prozent der übrigen Interessierten untersagt bleiben. Ein das Pro und Contra abwägender Gesetzgeber kann die mahnenden Argumente der Psychatrie, vor einer eventuellen Freigabe an die Schwachen zu denken, natürlich nicht ganz ignorieren. Weniger ins Gewicht fallen dürften dagegen die mit Blick auf den meist beigemischten Tabak gegebenen Hinweise auf nikotinbedingte Krebs- und Lungenprobleme. Ohnehin bleibt fraglich, ob der Staat in einer pharmakologisch verseuchten Gesellschaft richtig handelt, wenn er ausgerechnet die cannabishaltigen Pflanzen verbietet. Von 1929 bis in die jüngste Gegenwart warnten ministerielle Gutachten davor, dass Desinteresse, Scheintiefsinn (interessanter Begriff), Reifungsverzögerung (sic!) und Intelligenzminderung (sic!) den Nutzer befielen, der sich überdies immer weniger der Leistungsgesellschaft verpflichtet fühle.

Als alles anfing, fühlten sich tatsächlich Teile der jungen Generation nur bedingt zu den seinerzeit gesellschaftlich geforderten Leistungen verpflichtet – die Droge gehörte ja zum Gesamtpaket der 68er-Studentenrebellion. Im Zuge des damaligen Kulturbruchs wurde das junge Volk nicht bloß mit neuen Theorien, sondern auch mit hierzulande neuen Kräutern konfrontiert, mit rauchbaren Stoffen, die zur Alternative zu den von den Eltern bevorzugten Sorgenbrechern wurden. Weniger Genuss als Experiment, umgab das Kiffen vom ersten Aufglimmen an eine mystische und subversive Aura. Es geschah etwas mit einem, die sinnliche Wahrnehmung, das Schmecken, Hören, Fühlen, schien sich durch die Substanz zu verändern. Einmal angetörnt, entlarvte der Kiffer die gewohnte Realität als Schwachsinnszusammenhang, die Relationen divergierten, das Gefühl von Befreiung verblüffte – dieser kontrollierte Verlust der Kontrolle war willkommen und wurde in gruppo lustvoll zelebriert. In einer sanften, menschenfreundlichen Stimmung ging es auf die Suche nach Erkenntnis, nach einer anderen Wahrheit als der von den üblichen Autoritäten vorgegebenen. Zug um Zug eröffneten sich alternative Lebensformen; gepflegt, auch zeremoniell einen durchzuziehen galt vielen als neugewonnene Variante der Lebenskunst. Die ersten Propagandisten waren – zunächst in USA, dann hier – die später unverdienterweise verlachten Hippies. Bekanntlich entwickelten sie ein anderes als das von Staat und Gesellschaft dies- und jenseits des Atlantiks bestimmte Leistungskonzept. Geld und Karriere interessierten sie erst mal gar nicht, abhängige Lohnarbeit ebensowenig, den wirtschaftswunderbaren Konsum verweigerten sie glatt (ausgenommen Stereoanlagen und ein paar andere Kleinigkeiten). Anleiten ließen sie sich von einem einfachen Gedanken: Ein einfaches Leben verringert den Zwang, in ungeliebten Berufen oder mit sonst wie entfremdeter Arbeit Geld verdienen zu müssen ... bloß kein Stress. Hippies und ihre europäischen Pendants organisierten sich im informellen Sektor, gründeten kleine Handelsringe für Klamotten, Schmuck und Hasch, bastelten weitsichtig an billiger, schon bald die Welt erobernder Elektronik, wohnten in Stadt- und Landkommunen und minimierten die Lebenshaltungskosten - so ging's. Der Verzicht auf gesellschaftliche Angebote, auf Karrieren und alles daran hängende Pipapo war zu diesem Zeitpunkt ein eindeutig politisch gemeinter Akt. Er folgte unter anderem der Devise des nordamerikanischen Drogenapologeten Timothy Leary: Tune in (zieh' den Stoff rein), turn on (dreh' groß auf), drop out (und verlass' die Gesellschaft), okay. Womöglich bekommt ein wiederauferstandener Leary bald noch mal die Gelegenheit, seine Ideen zu verbreiten – schließlich gehört er zu den wenigen Vorausschauenden, die sich nach ihrem Tod für ein später fortzusetzendes Leben haben einfrieren lassen.

Trotz des Krieges in Vietnam war die bewegte Jugend extrem offen für die amerikanische Subkultur, auch weil sie glaubte, sich dadurch von den europäischen Traditionen und insbesondere der jüngsten deutschen Geschichte distanzieren zu können. Der Horizont weitete sich – erste Afghanistan- und Indienfahrer genossen das friedfertige Wohlgefühl der Droge im Ursprungsland. Jeder Zug an der Shitpfeife bezeugte die Unangepasstheit der Kiffer, ihre Unfolgsamkeit, den Protest gegen die Erfüllung zwanghafter Vorgaben der historisch belasteten Elterngeneration. Hasch, Cannabis, die vielerorts kreisenden Joints halfen bei der Suche nach dem Eigentlichen in der

Existenz und beeinflussten die sich neu entwickelnde Alltagskultur. Eine freakige Gründungswelle rauschte durchs Land – gegenkulturelle Initiativen entstanden, die »Ablassgesellschaft« und »Release« in Hamburg, die »Soziodelische Revolution« in Frankfurt und, als krasseste Propaganda-Truppe von allen, die in Westberlin »Umherschweifende(n) Hasch-Rebellen«. Sie backten körbeweise Hasch-Plätzchen für Demos und ließen es leider bald auch allzu bombig knallen. Tausende kamen zum Vietnamkriegsprotest »piece for peace« oder rauchten massenhaft dicke Tüten auf einem polizeibewachten Smoke-in im Tiergarten. Der SDS witterte Konkurrenz und verbot Drogen. Die liberalen Medien freuten sich dagegen über das neue Thema, wie immer vorneweg der SPIEGEL: Im Herbst 1969 machte das Magazin mit einer ersten Titelstory Haschisch so richtig populär. Mit acht hintereinander montierten Lehrbildern wurden den geneigten Lesermassen Schritt für Schritt die Phasen der Zubereitung eines ordentlichen Drei-Blatt-Joints erklärt – von Uschi Obermaier im dünnen Hemdchen. Kifferherz, was willst du mehr?

Bei den Internationalen Songtagen in der Essener Grugahalle, dem ersten Festival dieser Art, hörten zehntausend Leute Frank Zappa »freak out« brüllen – was das zum Glück angetörnte Publikum intuitiv verstand und sich eine ganze Nacht lang öffentlich und angstfrei dem kosmischen Schweben hingab. Das sprach sich herum, die Momente der Verzückung wollten wiederholt sein. Die in kurzer Zeit gewonnenen Freiheiten waren von nun an nicht mehr wegzudenken – ein paar Jahre lang sah es nach einer bunten Republik Deutschland aus.

Einige dieser Motive geistern in Schwundstufen bis heute durch die Köpfe. An Anlässen für eine entspannende Dröhnung mangelt es jedenfalls nicht. In Erinnerung an die unauflösbare Verwandtschaft von Pot und Protest wäre ein Wiederaufleben subversiver Aktionen vorstellbar ... vielleicht ein gepflegtes Smoke-in vor Banken oder eine »Piece for Peace«-Demo vor der einen oder anderen Botschaft? Doch auch das gegenwärtige Wohlfühlkiffen tut seine Wirkung: Zwei, drei Millionen Konsumenten können nicht irren. Auch ohne verfügbare Studien ließe sich vermuten, dass damit eine notwendige und mögliche Entschleunigung des Daseins angestrebt ist, dass eine Zeit der Muße oder wenigstens ein zerebraler Schichtwechsel fürs digital malträtierte Hirn herbeigeraucht werden soll. Also high sein, für Freigabe sein? Trotz gewisser Ambivalenzen, trotz der Ernte von womöglich pestizid-belasteten Feldern? Der SPIEGEL zog sein Hasch-Placet vor Jahren mit einer sich selbst dementierenden Gruselstory wieder zurück. In jüngster Zeit setzte sich das Liberalisierungsgezerre mit Hunderten von Zeitungsartikeln und zwiespältigen Politiker-Statements fort. Als überzeugende Gegenbewegung tauchten anno 2014 aus der weiten, weiten Welt mehrere Staaten und ein teilautonomer Berliner Stadtteil auf, die das Cannabis-Verbot de facto aufhoben – zuerst Uruguay, gefolgt von Colorado und dem verwaltungsgerichtlich zunächst wieder zurückgepfiffenen Bezirk Kreuzberg-Friedrichshain. Sollte der Stoff zumindest dort zur Volksdroge geworden sein? Quer durch alle Altersgruppen und gesellschaftlichen Schichten? Auch für Gesamtdeutschland liegen neuerdings Freigabe-Anträge zur Abstimmung vor – die beiden

Oppositionsparteien haben ihre Liebe zum shit entdeckt und wollen im Bundestag unbedingt öffentlichkeitswirksam an Frau Dr. Merkel und ihrer Provinzgang scheitern ... Mehr Resonanz finden dort vermutlich die 122 deutschen Strafrechtler, die keine Lust mehr haben, kiffende Bürger aufwändig zu verknacken – im vergangenen Jahr geschah das tatsächlich zehntausende Male. Damit Hinz, Kunz und ein paar clintonide Mitglieder der Jungen Union in Ruhe weiter kiffen dürfen, drängen die Juristen per Appell auf die nötigen Gesetzesänderungen. Ja klar, die Freigabe wird kommen, aber es könnte noch dauern ... lange, zu lange ... wie in dem alten Pro-Pot-Song, der den Nachnamen eines ewig kippenquälenden Schauspielers zum Verb erhob ... Don't bogart that joint, my friend ... pass it over to me.

Freigabe bedeutet Kommerzialisierung. So läuft's im gewohnten gewöhnlichen Kapitalismus – früher oder später werden alle sozialen und kulturellen Phänomene dem Markt und seiner Logik unterworfen. Und wenn ein neuer Markt ruft, stehen die dafür benötigten Strukturen von jetzt auf gleich. Binnen eines Jahres wurde Colorado zum Eldorado für Joint-Fabriken, für die in der Cannabis Association, ihrem Industrieverband, organisierten Unternehmen, für semi-pharmazeutische Händler wie »Medicine Man« oder Denvers zahlreiche Lädchen, die Hasch im Schokodressing anbieten. Niemand muss länger in Parks und U-Bahnhöfen auf Einkaufstour gehen, niemand muss den Stoff mehr im Geheimfach seines Feuerlöschers vorhalten. Was alles möglich ist, welche Bedürfnisse kombiniert werden, melden die nunmehr zuständigen Wirtschafts-Portale und zahlreiche Business-Webseiten. Und wie so oft kommt aus dem Internet auch dabei viel realsatirisches Info-Blech heraus: Cannabis Kochkurse, Cannabis Yoga, Cannabis City Tour im Kiffer-Bus mit Samen-Workshop, alles informativ als Prospekt gedruckt im Colorado Pot Guide ... Es liest sich wie ein Lehrstück in Modern Marketing ... Allein 130 börsennotierte Hasch-Firmen gibt es (darunter bisher nur acht vom Index genommene Betrüger), dazu einen Club der Investoren, Cannabis Capital Summits finden in diversen Rathäusern statt ... öffentliches Kiffen bleibt paradoxerweise verboten. Die Gründer eines kommenden Mega-Konzerns - mal »Marley natural«, mal »Marley International« (Achtung TTIP) genannt - überzeugten Bobs Erben von einer global zu handelnden Marihuana-Marke und sammeln seither Hunderte anzulegender Kapitalmillionen ein. Cannabis, the next big thing, schreibt das Wall Street Journal, the next Great American Industry. Die Ironie dieser Erfolgsgeschichte ist nicht zu überbieten - aus den Kreisen der Pot-Gegner von früher kommen die Investoren von heute.

Den Gegenpart liefern die Armuts-Dealer in den Berliner Drogenparks und U-Bahnhöfen - Täter, die von restriktiven Gesetzen profitieren und doch zugleich Opfer der schwachen deutschen Asyl- und Migrationspolitik sind. Die wahre Stärke des Staates dürfte sich erst nach einer Freigabe zeigen. Er wird bürokratische Hürden aufbauen, Hindernisse, die der mündige Bürger und Kunde erst mal zu überwinden hat - Anträge müssen gestellt, Drogenreifenachweise und polizeiliche Führungszeugnisse vorgelegt werden, um die gesetzliche Abgabemenge von, sagen wir, fünf Gramm in einer instruierten Apotheke aus der Hand eines womöglich streng blickenden Herrn im weißen Kittel zu erhalten … nicht zu vergessen die stets verantwortungsbereite Brüsseler EU, die Auflagen und Richtlinien noch viel besser kann.

Reglementierungen aber widersprechen dem Geist der Droge. Haschisch hat seine Riten und damit eine ganz eigene, unberechenbare Aura. Ginge sie verloren, wird sich die törnende Kundschaft an die Zeiten erinnern, als der Deal noch ruckzuck im Privaten, gar Freundschaftlichen ablief – staatsfern und mit dem alten Thrill des Illegalen, dem beflügelnden Gefühl einer trotz Verbot konspirativ begangenen Tat. So wie es der Schriftsteller Ernst Jünger sah, der diesen wie noch jeden von ihm durchgezogenen Rauschgift-Verstoß präzise im Tagebuch festhielt: »Soeben schickte Frau M. eine selbstgedrehte Haschisch-Zigarette per Post. Große Freude. Wird heute Abend geraucht.«